사막아, 사슴아

최윤 산문집

사막아, 사슴아

펴낸날 2023년 9월 22일

지은이 최윤
펴낸이 이광호
주간 이근혜
편집 허단 김필균 이주이 방원경 윤소진 유하은
마케팅 이가은 최지애 허황 남미리 맹정현
제작 강병석
펴낸곳 ㈜문학과지성사
등록번호 제1993-000098호
주소 04034 서울 마포구 잔다리로7길 18 (서교동 377-20)
전화 02)338-7224
팩스 02)323-4180(편집) 02)338-7221(영업)
대표메일 moonji@moonji.com
저작권 문의 copyright@moonji.com
홈페이지 www.moonji.com

ISBN 978-89-320-4061-5 03810

사막아, 사슴아

최윤

산문집

문학과
지성사

산문집으로 인사합니다

안녕하세요.

오랜만에 사적인 삶의 속살이 살짝 드러나는 이야기들로 독자들께 인사를 전합니다.

'나'로 말을 시작하는 것이 늘 어색하지만 저도 가끔은 그냥 스러져버릴 일상의 감흥을 솔직하게 쓰고 싶은 맘이 생길 때가 있습니다. 그럴 때 산문 원고 청탁이 들어오면 기쁜 마음으로 응했습니다. 순간적 느낌이나 어디에 넣기 어려운 생각들을 앞뒤 재지 않고, 부담 없이 생각나는 대로 쓰고 싶은 순간이 있지요.

다 그런 건 아니지만 여기 모인 글들은 그때그때의 시간과 상황이 허락되고, 때마침 소설에서 잠깐 비켜서서 자유롭고 싶다는 마음이 맞아 씌어진 것들입니다.

여러 시간대의 글을 모아 주머니에 넣고 뒤섞은 다음 하나씩 꺼내보는 느낌으로 다시 읽어보았습니다. 일부러 다듬지 않았습니다.

서로 더 잘 알아가는 소통의 귀중함을 다시 한번 생각하면서 글을 모았습니다.

산문집 출간 제안을 해주신 문학과지성사에 감사하며 분량도 주제도 들쑥날쑥한 글들에 질서를 부여해주신 편집부 여러분께도 감사의 마음을 전합니다.

2023년 9월
최윤

차
례

일러두기

1. 이 책에 실린 글은 작가가 신문, 잡지 등 여러 지면에 쓴 칼럼과 수필과 강연 원고를 묶은 것이다. 서평은 책의 차례에서 타이포그래피 기호 "†"를 달아 별도로 표시해두었다.
2. 본문에 실린 사진은 작가가 직접 촬영한 것이다.
3. 개별 작품 및 영화는 「」로, 단행본 및 신문은 『』로 표시했다.

1부

인생유행人生遊行

12월의 열매

우리의 취향이 삶의 여정을 지나면서 바뀌는 것은 참 다행스러운 일이다. 예전에는 바다를 앞에 두고 일하는 것을 좋아했는데 이제는 그렇지 않다. 젊을 때는 봄을 기다렸는데 지금은 어느 계절에나 그 나름의 매력에 감탄한다. 채 이틀 박기도 전에 연한 껍질이 터져 입안 가득 과즙이 고이는 과실이 있다. 그 누가 한동안 입안에 진한 향기를 남기는 그 맛을 싫어할 것인가. 그러나 이상하게도 두껍고 딱딱한 껍질이나 공격적인 가시로 몸을 덮고 있다가 때가 되어서야 열리는 열매의 심오한 구조에 격양하며 그 맛을 곱씹는 시간도 있다. 어느 시간도 같지 않고 그것은 공간 역시 마찬가지다.

80억 명을 훌쩍 넘는 전 세계 사람들의 얼굴이 다 다르듯이 한 인간의 내면도 단순하지 않다. 이것이 인간이 변덕스러운 이유이다. 인간의 내면은 취향을 통해 드러난다. 우리는 새로움이라는 이름으로, 신선함을 찾아 한 취향에서 다른 취향으로 옮겨 다닌다. 여행지야 더 말할 것도 없다. 빛나는 도시들을 선호하는가 하면 한때는 바다를, 사막을 열애한다. 무엇을 찾아다니기에도 지칠 때면 눈에 띄지 않고 숨을 수 있는 곳으로 떠난다. 익명의 장소, 혹은 알려지지 않은 지방 들. 그러다가 그 탐색도 멈춘다. 가만히 주변을 들여다본다. 어느새 우리의 시선이 변화되어 사방에 새롭지 않은 곳이 없다. 집 안에 앉아서도 여행하듯 살 수 있게 된다.

그렇게 조금씩 바깥세상에 대한 관심의 시선이 존재의 안으로 고개를 숙이고 들어오면서 우리는 인생의 10월을 맞는 것 같다. 어쩌면 세상에서 겪은 희로애락의 기억들로 인해 이제는 내면의 예각들이 어느 정도 무디어졌기 때문일 수도 있다. 인생의 10월[시월]은 우리말의 발음이 잘 알려주듯이 진정으로 시詩를 이해하는 시간이기도 하다. 말장난이 아닌 시, 말로 읊자마자 삶으로 변모하는 그런 시의 계절 말이다. 더 나아가서 삶이 시가 되어버린 어떤 계절.

이런 시간을 오랫동안 기다려왔다. 그것은 생물학적인 시간과는 다른 어떤 것이다. 가끔 혼자 깨어 파르스름하게 돋아나는 새벽빛을 가만히 올려다보는 아이의 눈망울에서 깊이를 가늠할 수 없는 지혜를 엿보듯이, 우리는 또한 철없는 노인, 미성숙한 성년을 심심찮게 만난다. 우리는 스스로에게 바라는 모습에서 늘 멀리 있으며, 때로 스스로에게 생소한 타인 같을 때가 있다.

인생의 10월에 우리는 무르익은 무언가를 갈망한다. 성장하고 싶다. 성숙이 무엇인지 알고 싶다. 계절의 무르익음뿐만 아니라 인격의 무르익음을 찾아 나름의 길을 떠난다. 삶 속에 열매로 맺어진 그런 성숙한 인격이 점점 드물기에, 아무도 안 읽은 희귀 도서에서 삶의 비법을 찾으려 하고, 어딘가 아무도 모르는 곳에 예외적 진실이 숨어 있다고 생각해 모험의 여행을 감행한다. 사실은 우리가 무엇을 찾고 있는지 모르기 때문이다.

그러나 멀리 가지 않고도 일터에서, 동네에서, 산책로에서, 장터에서 성숙한 사람을 무수히 만날 수 있다. 우리의 걸음을 멈추게 하고, 우리를 감동시키며, 더불어 살고 싶은 그런 사람은 아주 가까이, 많이 있다. 그런 사람들은 빛이 나지 않는다. 어쩌다 눈에 띄면 얼마 지나지 않아 상품이 되어버린다.

그러나 각자의 자리에서 맡겨진 시간과 공간을 충실하고도 정직하게 살아가는 사람들은 금방 알아볼 수 있다. 그것이 아마도 이 시대의 가장 어려운 일이 아닐지 모르겠다. 그들은 다가오는 고난을 피하지 않는다. 삶이 우리에게 갑자기 던지는 시련을 선물처럼 감사히 여기며 이겨내는, 글로 씌어지지 않은 그들의 이야기가 결국은 다음 세대의 지침이 된다. 어떤 명망 있는 사람들의 기상천외하고 감동적인 사건보다 더 값진, 진짜로 다음 세대에 물려주고 싶은 이야기인 것이다.

그러나 길에 나서지 않아도 된다. 왜냐하면 성숙의 탐험은 우리 안을 가만히 들여다보는 것에서 시작할 수도 있기 때문이다. 거기에는 용기가 필요하다. 변화무쌍한 취향만큼이나 우리 자신이 불완전하고 흠 많은 인격임을 겸허한 용기로 받아들이는 그때부터, 우리는 어쩌면 10월을 넘어 12월을 향해 가는 사람들이 된다. 12월의 눈보라를 온몸으로 맞을 수 있는 사람들. 그러나 이 도달점으로서의 12월은 우리에게 영원히 뒷걸음질하는 어떤 상징인 것이 좋다. 10월이 매년 다가오듯 12월 또한 반복되어 다가올 것이기 때문이다. 이 미완성의 겸손을 통과하며 우리는, 우리의 이웃들이 더불어 살고 싶어 하는 그런 이웃이 되는 첫걸음을 내디딘다.

가을의 라일락

　우리 동네 사람들이 가장 자주 만나는 사람은 바로 그 '아저씨'다. 나무 한 그루 정도라도 돌보는 사람 혹은 손바닥만 한 작은 마당이라도 있는 사람은 이 아저씨를 모를 수 없다. 그의 작업 범위가 얼마나 되는지 알 수는 없지만, 그는 이 동네뿐만 아니라 이웃 동네 나무의 상태에 대해서도 빠삭하게 알고 있다. 어느 누구도 그의 이름을 모른다. 늘 찌그러진 벙거지를 쓰고, 얼굴은 햇볕에 그을리다 못해 굳어져 까맣다. 어금니 한두 개 빠진 것이 살짝 보이고, 누런 담뱃진에 틀니가 분명한 앞니가 갈색에 가깝게 절어 있는데, 그가 그런 얼굴로 함빡 웃으면 우리는 그저 무장해제되기 일쑤다.

　성격도 기질도 다양한 마을 사람들이 거의 모두 그에게 마당 일을 맡기는 이유다. 아니 그가 쳐들어온다. "약 쳐줄 때가 되었는데요" 하면 벌레가 없는 것 같아도 나무에 약을 뿌려주어야 한다. "가지 쳐줘야 되는데요" 하면 그래야 한다. 그의 말에 따라주는 편이 탈이 없다. 우리 눈에는 안 보여도 그는 동네를 휩쓰는 나무 유행병이나 벌레와 잡초 들에 대해 잘 알고 있기 때문이다.

그렇다고 그가 거친 사람은 아니다. 반대로 매우 유연하다. 사람들의 요구가 무엇이건, 그가 "아니오" 하는 때는 없다. 그에게는 남모르는 지혜가 있음에 틀림없다. 그렇지 않고서야 그에게 일을 부탁하는 괴히 까다로운 할머니 할아버지까지 그렇게 잘 아우를 수가 없다. 그를 가만히 쳐다보노라면 저기에 지혜가 숨어 있지 싶게 백내장기가 있어도 선한 눈길에 눈꼬리가 길다.

일하는 스타일만큼 그의 나이도 유연해 늘었다 줄었다 한다. 상황에 따라 권위가 필요할 때 그는 아흔에 가깝다고 자신을 소개한다. 또 힘쓸 일이 있을 때 노인이라고 걱정하면 그는 칠십대 운운하며 당장이라도 상대편을 들어 올릴 기세다. 어떻건 그는 아저씨가 아니라 할아버지인 것이다.

나도 그의 말을 믿고 사고를 친 적이 있다. 지난봄, 오랫동안 구석에서 잘 자라던 라일락 나무를 마당 한가운데로 옮기고 싶어서 어떻겠느냐고 물었을 때, 그는 선뜻 "그래요" 했다. 잘 자랄까 걱정했더니, 봄에는 씨를 그냥 던져도 싹이 난다며 괜찮다고 했다. 그런데 웬걸. 나무는 시름시름 앓는 듯하더니 그 무성하던 잎들이 까맣게 마른 채, 이미 죽은 듯한 가지에 붙어 있을 뿐이었다. 그는 우리 집에 들를 때마다 내 걱정에는 아랑곳없이 나무둥치를 만져보고 긁어보고, 그 좋지 않은 시력으로 나무를 올려다보며 저 끝에 푸릇한 게 보이지 않느냐고 한다.

내 눈에는 까맣기만 한데 말이다. 봄이 무르익어도 싹이 돋는 기색이 없어 안달을 하니 그다운 유연성을 발휘해, 옆 동네의 한 집이 이사 가면서 좋은 라일락을 파 가라고 한다니 가서 보잔다. 슬며시 약이 올라 그럴 거면 왜 나무를 옮기게 놔두셨느냐고 항의했더니, "그래서 더 기다려보자니깐" 하고는 휑 가버린다. "기다려보자"라는 그의 청유법에 또 한 계절을 넘겼다.

그저 물을 열심히 주라고 하여 그것만은 게을리하지 않았다. 그러나 여름에도 가을에도 나무는 살아날 조짐이 없었다. 내년 봄까지만 기다려보자고 마음먹고 그의 지시대로 별 믿음 없이 막걸리도 물에 타서 주었다. 겨울이 지나고 봄이 되었다. 싹이 돋을 기미도 보이지 않은 채, 모든 생명이 과잉으로 우거지는 여름이 되었다. 여전히 무소식. 한여름에, 그것도 마당 한가운데 죽은 나무는 정말 볼품없었다. 보는 사람마다, 죽었으니 다른 나무를 심으란다.

여름이 거의 중반으로 접어든 어느 날, 참으로 기이하게, 마치 '아론의 지팡이'에서처럼 죽은 나무에서 싹이 났다. 그가 툭하면 겸연쩍게 올려다보던 나무 맨 윗가지에서 먼저 네 개의 이파리가 솟았다. 그러더니 계절도 상관 않고 옆 가지로, 아래 가지로 여린 잎들의 수가 늘어나기 시작했다. 그가 와서 보더니, "기다려주면 이렇게 살아. 이제 가을에 잎 잘 떨구면 아주 살아난 거야" 하고 혼잣말하듯 결론지었다. 벙거지 밑으로 드러난, 다소간 의기양양해진 표정을 찬탄의 마음으로 들여다본다. 역시 아저씨답다.

누구나, 생에는 황량하게 죽은 것 같은 힘든 시간이 있다. 그리고 기다려주는 누군가가 있어서 지금의 그들이, 내가 있다. 게다가 잎을 떨구는 것은 회복의 한 절차이니 이번 가을도 역시 기다림의 계절이 될 것 같다.

아름다운 즐거움

미국의 미남 배우 폴 뉴먼이 온갖 명성을 누리고 난 말년에 배우라는 직업에 대해, 자신이 생각해도 가장 이상한 직업이라고 평했다는 기사를 읽은 적이 있다. 우리 모두 한 번쯤 자신의 직업을 한 걸음 떨어져 바라보면서, 어쩌다 이 직업을 택하게 되었는지 또 어떻게 이토록 오랫동안 변함없이 한 가지 일에 종사하고 있는지 기이한 마음이 되어 자문할 때가 있다. 그런가 하면 자의건 타의건 직업을 무수히 바꾸는 사람도 적지 않다. 많은 사람이 그러듯이 나도 유년에 여러 직업을 꿈꾸었다. 만화가에 이어 화가가 되고자 그저 꿈만 꾼 것이 아니라 그 길에 들어서기 위해 필요한 정보도 모았고 실제 진지하게 그 안에 푹 빠져보기도 했다. 더 나아가 관련 직업인을 한두 명 정도 이리저리 수소문해 만나보는 열심을 부리기도 했다. 그 외에도, 민감하던 유년기의 넘치는 연민으로 인해 약한 자의 억울함을 풀어준다고 믿은 변호사라는 직업을 꿈꾸기도 했었고. 철없는 평화주의자였기에 외교관을 생각해보기도 했다.

마치 외교관이 나라 사이의 분쟁을 해결하거나 억울하게 뺏긴 국경을 되돌려줄 정도의 힘이 있는 직업이라고 순진하게 생각했던 모양이다. 그러나 반 발자국 정도 들어가보니 말싸움도 싫었고, 끊임없이 이 나라 저 나라로 부유하는 삶도 체질에 맞지 않았다. 좀더 커서는 연민과 변호, 평화와 외교가 현실에서 늘 그렇게 잘 짝지어지는 단어 쌍이 아니라는 것을 알게 되어 단호히 관심을 끊었다.

직업과는 무관하게 취미로 배우고 싶은 기술도 여럿 있었다. 보석 감정, 가구 목공, 가죽 책 제본, 전각 기술…… 그러나 매번, 채 한 달도 견뎌내지 못하고 나는 포기할 수밖에 없었다. 손이 마음대로 움직여주지 않으니, 꿈꾸는 것으로, 그에 관한 책을 읽는 것으로 만족하기로 했다.

공적이건 아니건, 주기적으로 직업군 조사가 이루어지고 또 발표된다. 몇 년 전부터는 부쩍 새 시대의 유망한 직업, 사라질 직업, 새로 생기는 직업, 변화에도 변함없이 남아 있을 직업 등 미래의 직업들에 대한 진단과 정보들이 적잖이 난무한다. 아마도 이세돌 9단과 알파고의 대국 이후, 과학기술의 패러다임 전환에 가까운 인공지능AI이 우리 일상에 친근하게 들어오며 만들어진 현상이 아닌가 추정한다. 게다가 직업이란 시대를 초월하고 남녀노소를 불문한, 모두의 관심을 끌기에 충분한 주제이기 때문이리라. 늘 매 학기 말이 되면 졸업생들의 취업 상황에 신경을 써야 하는 자리에 오래 있었기에 직업 관련 정보는 근거가 확실하지 않아도 거의 본능적으로 꼼꼼하게 살펴보게 된다.

상당한 시간을 청년들에 둘러싸여 지내다 보니 이와 관련해서 몇 가지 확실하게 눈에 보이는 것들이 있다. 사실 졸업 후 첫 일자리를 선택하는 것은 경제가 좋을 때나 나쁠 때나 그들의 인생에서 가장 긴장되며 두려운 순간이 아닐 수 없다. 그래서 취업 시즌에 찾아오는 제자들에게, 부족하나마 나의 관찰과 직관을 총동원해서 개개인의 장점과 가능성을 얘기해주며 잦아든 자신감을 키워주려고 노력하는 편이다. 시대와 무관하게 첫 취업은 호불호를 따져서 선택할 여지가 그다지 많지 않다. 그들은 선택한다고 생각하지만 대부분 선택당하기 때문이다. 그러나 선택당하는 것을 수락하는 것도 하나의 선택이라고 말할 수 있다. 삶에 우연이란 없기 때문이다.

나는 점쟁이도 예언가도 아니지만, 오랫동안 적지 않은 청년들의 삶을 지켜보면서 확인하게 된 한두 가지 사실이 있다. 물론 일반화해서 얘기할 수 있는 것은 아니다. 졸업 후 어느 정도 시간이 지나 졸업생들이 학교를 찾아온다면 그들의 삶이 만족스럽게 굴러간다는 것이다. 물론 가장 평범한 만족감은 일반적으로 사회에서 성공했다고 평가되는 지위나 수입에서 온다. 큰 수고의 결과다. 그러나 적정 시간이 지나 다른 변수 없이 자신의 자리에서 곧 떠나야 할 때, 그 만족감은 그들의 얼굴에 어두운 그림자를 만든다.

그러나 조금은 각별한 빛의 만족감, 시간이 지나도 그다지 닳지 않은 에너지를 가지고 방문하는 반가운 얼굴들이 있다.

이들의 공통점은 그 지위나 수입의 고하와는 무관하게 자신이 원하는 분야를 찾아내, 여전히 즐겁게 그 일을 하고 있다는 데 있다. 그들 각자의 개인사를 조금은 알고 있는 나는, 그들이 좋아하는 분야의 일을 고수하느라 여러 좋은 제안을 포기하고 고생했다는 것도 알고 있다. 공학을 포기하고 글을 쓰는 일은 쉽지 않다. 승진 가도를 달리던 회사를 그만두고 음향 전문가가 되기 위해 유학길에 오르는 것 역시 쉬운 결정은 아니다. 또는 공부를 그만두고 친구들과 실험적 회사를 차리는 모험을 하는 것, 미래가 불안정한 미개척의 길을 가는 것…… 이상하게도 나는 이들에게 끌린다. 이들의 순수한 정열에서 많은 것을 배운다. 이들은 어렵게 찾은 자신의 정열과 즐거움을 위해, 스스로 아름답다고 생각하는 삶의 방식을 위해서는 대가를 치러야 한다는 것을 안다. 이들 중에는 즐거운 일을 하기 위해 투잡을 뛰는 경우도 있다. 이들은 삶이 풀리고 안 풀리고와는 상관없이 옛 선생을 찾아온다. 아니 오히려 슬럼프에 빠질 때 더 찾아온다. 같이 나이가 들다 보니 서로 힘을 주는 친구가 되어 있다. 즐거움이란 비싼 것이다. 진정한 아름다움에는 가격을 매길 수 없듯이 말이다.

이면의 서사

　존 밴빌은 명실공히 현대 아일랜드 문학을 대표하는 작가다. 더 나아가 현재 영어권 문학의 대표적인 작가로 평가받고 있다. 밴빌은 제임스 조이스, 사뮈엘 베케트 등 아일랜드 태생 거장들의 뒤를 잇는 작가이지만 그다음 세대답게, 이전 작가들과 구별되는 개성 있는 문학 세계를 보여준다. 20여 권에 달하는 그의 작품 중에서 우리말로 번역된 『닥터 코페르니쿠스』(조성숙 옮김, 뿔, 2007)와 『바다』(정영목 옮김, 문학동네, 2016)만으로도 작가로서 밴빌의 독창적인 위상을 충분히 확인할 수 있다. 『닥터 코페르니쿠스』는 밴빌이 삼십대에 약 10년에 걸쳐 발표한 과학 4부작의 첫 작품이다. 이 책을 출간한 1976년, 영국의 권위 있는 문학상 중 하나인 제임스 테이트 블랙 메모리얼상을 수상해 작가로 명성을 알리게 됐다. 이 작품은 중세 사람들이 철석같이 믿었던 천동설에 맞서 지동설을 주장한 천문학자이자 가톨릭 수사인 동시에 의사였던 코페르니쿠스에 대한 전기적 소설의 양상을 띠고 있다. 하지만 전통적인 전기소설의 경계를 훌쩍 뛰어넘는다. 실제 코페르니쿠스가 쓴『천체의 회전에 관하여』의 출판을 둘러싼 에피소드는 사건의 시간적 무대인 중세를 뛰어넘는다. 중세의 막바지에 움트기 시작한 개신교와 가톨릭의 갈등은 아일랜드의 역사를 은연중에 연상케 한다.

이 작품은 광대한 우주의 진리를 마주하며 세계 변혁의 가능성을 일찍이 보아버린 한 천재 과학자가 그 진리를 받아들일 준비가 되어 있지 않은 협소하고 구차한 현실에서 겪는 고독과 꿈과 냉소를 여일하게 그려낸다. 결국 3세기나 지나서야 인정받게 되는 코페르니쿠스가 쓴 저서의 운명은 젊은 작가 밴빌이 현대의 문학과 문명에 던지는 알레고리로 읽힌다. 작가가 60세를 맞은 2005년, 치열한 경쟁을 뚫고 맨부커상을 수상한 대표작『바다』는 소설 언어의 절대미를 제시한, 시간을 뛰어넘어 읽힐 예술품으로 평가될 만하다. 협소한 가치관의 세속적이고 사건적인 세계에서 벗어나 소설이라는 장르의 언어적 깊이가 존재의 어느 갈피까지 가닿을 수 있는지를 현대의 독자들에게 드러내 보여준다는 점에서 그러하다.

『바다』에서 프랑스 화가 보나르를 연구하는 미술사학자 맥스 모든은 암 투병을 하던 아내를 잃은 후, 유년 시절 잠시 머물렀던 바닷가 휴양지의 하숙집 '시더스'로 가 지나간 삶을 돌아본다. 유년의 추억, 보나르에 대한 현재 자신의 저술, 고통스럽게 암 투병을 한 아내에 대한 기억 등 여러 시간대를 자유롭게 넘나들며 이야기를 직조한다. 인상적인 부분은 서술자 모든이 겪은 삶의 이면에 존재하는 아름다움의 서사다.

상실과 고독, 죽음의 문제를 다루고 있음에도 밴빌의 문체는 문장마다 눈길을 머무르게 하는 강한 흡인력이 있다. 궁극적으로 이 작품은 진부할 수 있는 삶의 부침 이면에서 스러져가는 모든 것들이 시간을 뛰어넘어 존재함을 보여준다. 남는 것은 아름다움으로 각인되는 작품의 언어다. 이것이 바로 밴빌의 소설적 이상이다. 아름다움만큼 강한 존재의 혁명이 있겠는가.

하다, 가르치다, 살다

어떤 서방의 외교관이 아시아의 한 나라에 대사로 부임해한 첫 공식 석상에서, 부임을 준비하면서 읽고 조사하고 익힌그 나라에 대한 모든 것을 동원해 현란하고도 장황한, 지적인연설을 만족스럽게 마쳤다. 이후 그는 몇 년의 임기를 마친 뒤이임 연설에서 짧고도 간결하게 자신이 머물렀던 그 나라에대한 무지를 고백하고 단을 내려왔다는 얘기가 있다. 이것은꼭 그 나라에만 적용할 수 있는 이야기는 아닌 것 같다. 문학이나 학문의 경우도 마찬가지일 것이다.

젊을 때는 문학에 대해 할 말이 많았는데, 이제는 그에 대해 말하는 것이 점점 더 불편해진다. 왜 소설가가 되었느냐, 왜문학 교수가 되었느냐…… 등등의 질문에 대한 과거의 대답들이 모두 불충분했던 것은 물론이고 때로는 무지하게 수다스러웠다는 생각에 스스로 낯 뜨거워지는 기억도 적지 않다.

어려서부터 문학작품 읽는 것을 열렬히 좋아했고, 성장하면서 읽는 기쁨 외에 글 쓰는 기쁨을 누렸으며, 그 이후 성년의 시간에도 문학을 읽고 쓰는 것 외에 다른 일에는 정열을 쏟지도 기쁨을 느끼지도 못해 문학도가 되었고, 이어 자연스럽게 문학을 가르치는 사람이 되었다. 물론 한때 그림이나 연극을 기웃거려보기는 했지만 그것은 폭넓게 문학의 범주에 수렴되었고 예술은 내게 모두 문학의 하위 장르가 되었다. 그런 식으로 문학에 묻혀 사는 것이 그저 내 인생이려니 하고 한 번도 다른 길을 생각해본 적이 없다. 물론 앞으로도 큰 변화는 없을 것이다. 여전히 작품 ─ 물론 좋은 작품일 때 ─ 을 만나면 흥분과 기대로 가슴이 뛰고, 하루에 마음에 드는 문장이 하나라도 써지면 귀한 보물을 발견한 것처럼 마음이 그득해진다.

그런데 시간이 지나가면서 문학을 '하는 것'과 문학을 '사는 것'과 또 문학을 '가르치는 것'이 나의 의지나 의도에도 불구하고 세 가지의 분리된 활동처럼 되어가는 것 같아 안타깝기 그지없다.

문학을 '한다는 것'은 매우 자유로우며 사적인 영역의 순진무구한 활동에서 한 단계 앞으로 나아가는 것이리라. 문학을 자신의 전문적인 영역으로 정하고, 이때 쓰거나 읽거나 논의하는 모든 것이 공적인 것이 된다는 것을 의미한다. 물론 이 '하다'라는 동사 전과 후 사이의 경계는 모호할 수 있다. 공적인 활동을 하지 않고도 문학을 할 수 있기 때문이다. 그러나 어떤 형태건 우리가 흔히 전공으로 문학을 택할 때 '문학을 한다'고 말한다.

문학을 '가르치는 일'은 문학을 하되 전문성을 획득하고 난

후에 할 수 있는 것이라는 차이점 외에도, 문학을 '하는 것'과는 별개의 활동이 된다. 가르치는 사람 앞에는 구성이 분명한 대상자가 있으며, 문학의 역사가 증명하듯이 문학은 늘 인격 형성의 내용이자 그 방법이 되어왔기에 그 대상자에 적합한 문학을 선정해 한정적으로 가르치게 된다. 우리에게는 잘 정립되어 있지 않지만, 프랑스의 경우 일찍이 인간의 악한 점이나 약점 들을 '교정'하고 다각적인 가치, 즉 진선미眞善美의 총체적인 영역에서 '기쁨을 주'는 것이 문학의 기본 기능으로 여겨왔다. 기존의 것을 우선 뒤집어엎고 보는 것이 유행이 된 현대라고 해도 이 큰 방향에서 벗어나지는 않는다.

문학을 '사는 것', 이것은 또 다른 문제다. 어쩌면 문학적 활동 중에서 가장 실천하기 어려운 것이지만, 그렇기에 문학의 가장 높은 단계에 속하는 것으로 쳐야 할 것 같다. 이것은 문학이 추상성을 넘어서 한 인격의 삶으로 들어오는 것을 의미한다. 문학가가 자신이 하는 문학의 이상, 자신이 가르치는 문학의 정신을 자신의 삶 속에 육화할 수 있다면 그것만큼 의미 있는 일은 없을 것이다. 문학적 이상이 삶이 되는 것, 이것이 사실 모든 문학의 꿈이 아니던가. 이럴 때 우리는 문학을 통해 문학가는 단련되고 완성되어간다고 말할 수 있을 것이다.

안타깝게도 문학을 둘러싼 이 세 활동의 행복한 일치는 점점 더 많은 저항에 부딪치는 것 같다. 우리가 기쁨에 겨워 문학을 가르칠 수 있는 환경은 그리 쉽게 마련되지 않으며, 우리가 하는 문학을 우리는 더 이상 삶 속에서 살아내려 하지 않는다.

나는 (인)문학이 현대에 겪는 어려움의 많은 부분이 이 세 영역이 분리된 데서 기인하고 있다고 생각하기에 최소한 개인적인 차원에서라도 이 세 활동 사이에 자연스러운 순환을 이루는 방법을 나름 모색하고 있는 중이다. 시간이 흐를수록 문학에 대해 말하는 것이 조심스러워지는 이유는 아직도 나를 둘러싼 문학의 세 동사 '하다' '가르치다' '살다' 사이에 만족할 만한 공감과 대화가 이루어지지 못하기 때문이다. 문학과 삶의 일치가 그리 만만한 것이 아니기에 모든 문학은 완료형이 아니라 우리에게 도전을 주는 진행형이 되는 것이다.

정직의 체험

어느 나라에나 시대에 따라 부모들이 선호하는 이름들이 있다. 거의 10년 주기로 유행이 바뀌는데, 요즈음은 점점 더 팬시하고 부드러운 이름을 선호하는 것 같다. 한때 '정正' 자, '의義' 자같이 고매한 뜻이 담긴 이름을 많이 지었던 것 같은데 지금 그런 이름은 드물다. '바를 정' 자나, '의로울 의' 자를 자녀의 이름에 넣고 싶어 하는 부모를 시대착오적이라고 여기는 풍조가 아닐까, 서푼짜리 심리 분석을 해본다. 이름 석 자에 다음 세대에 대한 꿈이나 자녀의 성품에 대한 기대를 신곤 하는데, 요즈음의 부모들은 자녀가 곧고 의로우면 주변에 문제를 일으킬까 두려워하는 것일까. 곧고 바르며 정직하게 살면 인생이 고달프게 될지도 모른다는 숨은 두려움이 이런 좋은 뜻의 글자를 피하게 된 계기일까. 답하기 어려운 의문이다.

무수한 사람이 모여 사는 세상이란 늘 부산하고 불의한 일로 채워지기 마련이지만, 졸업 시즌이 되면 특히 심장이 답답하고 은근한 불안이 몰려온다. 학교에서 배운 것들이 캠퍼스

밖의 세상에서 유효할까 하는 자문을 하게 된다. 그들이 습득한 불충분한 지식에 관한 걱정만은 아니다. 무언가를 시도해보아야겠다는 다급한 생각이 들어 교수의 월권으로 최소한 한 학기, 한 과목의 학기말시험에 무감독 시험이라는 것을 시도했다. 소지품을 교탁 아래에 내놓고 자율적으로 시험을 치르고 나가는 것이다. 답안지 말미에 무감독 시험에 대한 개인적 견해도 요청했다. 학점에 민감한 세대, 취업을 앞둔 학생들에게 무리한 시도가 아닌지 걱정이 되기도 했다. 어떻건 학생들의 마음이 준비되도록 무감독 시험의 시도와 취지에 대해 학기 초에 알렸다.

우려한 것과는 달리 학생들은 여러 긍정적인 반응을 답안지 말미에 적었다. 특수한 경험에 감사한다, 생소했다, 상관없었다…… 등 반응이 다양했다. 그중 "나 자신의 정직을 시험해보는 체험을 하고 나니 왠지 자신감이 생겼다"라는 답이 기억에 남았다. 정직의 체험은 그 체험을 이겨내지 못한 사람이 상황을 벗어날 수 있도록 돕는 것까지 포함한다. 그래서 학생들에게 만일 부정행위가 발견되면 어떻게 하면 좋을지 물었다. 시험 취소, 재수강 등의 강경 제안도 있었지만 다수가 성적 하향 조정을 택했다. 시험 직후 한 학생이 연구실로 찾아왔다. 부정행위를 했다고 했다. 그리고 한 학기가 지나고 또 한 학생이 지난 학기 무감독 시험 중 행한 커닝을 자백하러 왔다. 그는 스스로 재수강을 택했다고 했다. 살펴보니 커닝을 하고도 성적이 좋지 않았다. 그러나 그가 양심에 부담이 되어 한 학기나 지나

연구실에 들러 '자백'한 것도 정직의 체험이라고 생각한다.

글쎄, 이 작은 시도가 학생들에게 무슨 의미가 있었는지는 모르겠다. 그러나 졸업생들이 직면할 세상에 대한 교수의 불안이 이 시도로 조금 위안을 받은 것은 사실이다. 그래서 눈치 없이 여러 해에 걸쳐 나는 이 시도를 계속했다.

소설 쓰십니까

들을 때마다 내 기분을 묘하게 하는, 유행이 된 표현이 있다. '이건 소설이 아녜요, 진짜예요' '에구, 소설 쓰지 마세요' '저 사람 소설 쓰고 있네……' 이런 유의 소설 비하적 발언들을 여기서 다 나열할 필요도 없다. 이런 표현이 심심치 않게 쓰이며 급기야 대중적으로 부상한 것은 족히 한 세대는 된 것 같다. 다른 방식이기는 하지만 유럽의 르네상스 당시 새로운 장르였던 소설의 저자를 '소설 짓는 사람'이라고 비하해 칭했으니 이 정도는 그저 받아들여야 할까. 잠잠하다가도 때로 다시 문면에 오르기를 반복하며, 이제는 어느 누구도 이의를 제기하지 않고 대강 그 취지를 두리뭉실하게 이해하고 넘어간다.

미국의 사회학자 마크 포스터Mark Poster의 분류대로 인류가 정보화 단계로 진입하면서부터 역설적으로 정보에 대한 불신임이 일었던 것을 나타내는 징후들이 있다. 정보 생산과 유통망이 다양하게 생기고 그것을 점검할 수 없다 보니 비교적으로 진위를 구별하겠다는 욕구에서 진실하지 않은 어떤 것을 지칭하기 위해 '소설적'이라는 표현이 생겨난 것 아닐까 생각해본다. 아마도 '픽션Fiction'이라는 단어를 우리말로 옮기는 과정에서 '허구'라는 번역어 대신 '소설'을 택하면서 소설가들에게는 난감할 수 있는 이런 표현이 대중적으로 쓰이게 되었을 것이다.

이런 현상을 두고 소설 장르가 폄하되고 있다고까지 과장하지 않도록 하자. 또 정반대로 이에 격분하며 소설 장르의 가치를 절대화해서 옹호하는 것도 피하고 싶다. 문화 전체가 하향 평준화되는 시대에 우리가 살고 있기는 하다. 그중에서도 소설은 인간 삶의 구차에서 숭고에 이르기까지, 가장 현실적이면서도 가장 비가시적인 영혼까지 다양한 스펙트럼을 아우르니 무슨 대접인들 못 받아들일 것이 있겠는가. 그중에서 살아남을 작품은 살아남아 인간의 삶과 본성에 대한 다양한 깊이와 본질을 증언하며 인류에 대한 이해의 폭을 넓히는 데 기여한다. 그러니 이상한 표현이 소설에 붙여졌다고 해서 발끈할 것은 아니다. 소설은 그 모두를 포용하니 말이다.

나는 언제부터인가 '소설 쓰고 있네' '그거 소설이야, 소설' 등의 표현을 쓰는 사람들을 유심히 관찰하게 되었다. 가까이에서 멀리서 충분히 관찰한 끝에 막연하지만 어떠한 결론에 도달하게 되었다. 과학적이며 통계적인 결론이라기보다는 개인적이고 인상적인 추론이므로 이것으로 '역시 소설 쓰네'라는 비판적 논란이 없기 바란다. 나는 그 말을 아무렇게나 쓰는 사람들은 일생 동안 단 한 번도 소설 작품을 제대로 읽어보지 않았거나, 소설적 감동이나 정화가 자신의 삶에 미치는 영향을 경험해보지 못했을 것이라 추정하게 되었다. 왜냐하면 그런 경험을 가져본 사람들은 그 표현 자체가 얼마나 가짜인지를 알고 있기 때문이다.

어느 나라에서는 꽤 잘나가는 사람들의 꿈이 일생에 좋은 소설 한 편 써서 자신의 필력과 지력을 자랑해보는 것이라는데, 우리는 앞으로 더 자주 '소설 쓰시네!'라는 비아냥을 일상적으로 듣게 될 것 같다.

인생의 책

세상에는 놀랍고도 경이로운 책들이 참으로 많다. 그중에는 단순히 읽는 사람을 놀라게 하는 것을 목적으로 씌어진 책도 적지 않다. 책의 외형은 물론이고 내용에 이르기까지 놀라움의 이유는 다양하다. 종이 책의 기본 미인 사각의 균형을 벗어나려는 판형의 시도들 혹은 놀잇감처럼 분해되었다가 다시 조립되는 형태는 꼭 어린이용 책에서만 발견되는 것은 아니다. 그러나 읽는 사람에게 놀라움이나 충격을 주려는 것만을 목적으로 삼는 책이 지니는 생명은 바로 그 놀라움이 소진되는 만큼 짧다. 그런가 하면 읽을 때마다 매번 새로이 놀라게 되는 책이 있다. 지속되는 놀라움. 이건 놀라움의 생리를 배반하는 것이기는 하지만 그런 책이 아주 없는 것은 아니기에 때로 책이라는 것의 마력을 재확인하게 된다.

시대의 현실을 저만큼 앞서가기에 그 자체가 선동적으로 보이는 책이 있는가 하면 현실의 보이지 않는 측면을 드러내는 틀이나 시각이 새롭기에 다 알고 있었던 현실임에도, '저런,

바로 그랬었구나!' 무릎을 치며 감탄하게 하는 책들…… 사실 책이 발명된 이래 세상의 모든 책들의 한쪽 구석에는 이처럼 스스로 놀라운 책이 되려는 욕구가 숨어 있다고 보아도 틀린 말은 아닐 것이다.

조르주 페렉의 『인생 사용법』(김호영 옮김, 문학동네, 2012)은 두고두고 놀람이 있는 책이다. 이 전복적인 책이 야기하는 놀라움과 경이의 층이 여러 겹이기 때문이다. 1936년에 태어나 1982년에 사망한 이 기이한 프랑스 현대 작가의 여러 작품 중에서도 『인생 사용법』은 내게 각별하다. 내가 유학생으로 1978년 프랑스에 도착한 해에 이 책이 세상에 나왔을 뿐 아니라 유학지에서 처음 구입한 소설책, 유학 생활의 시작을 장식한 처음 접하는 소설가의 책이었기 때문이다. 20세기를 대표하는 책을 몇 권 말해보라고 한다면 나는 주저하지 않고 페렉의 『인생 사용법』을 그 목록에 포함시킬 정도로 이 책을 좋아하는데, 이런 책과의 만남은 인생에서 사건 이상의 결정적인 의미를 지닌다.

나는 유학 생활을 이 책으로 시작할 수 있게, 더 늦지도 빠르지도 않게 바로 그해에 이 책을 완성해 이 세상에 내보낸 작가 페렉에게 무한히 고맙게 생각한다. 이 책이 아니었다면 처음 방문한 한 사회의 현실, 처음 본 문명의 공간을 읽는 방법을 터득하는 데 더 많은 시간을 들였을 것임에 틀림없다. 그 방법이 다양할 수 있다는 것을 이 책만큼 온몸으로 설득할 수 있는 책이 지상에 몇 권이나 존재할지도 의문이다.

이 작품은 친절하게 요약해 전달할 만한 단 한 가지의 이야기로 정리될 수 없다. 어떤 의미에서 이 작품에는 이야기도 주인공도 없다고 말하는 것이 옳다. 순서를 바꾸어가면서 등장하는 여러 이야기, 가히 총체적이라 할 수 있는 인간 군상 중에서 한 가지를 택해 드러내는 것은, 권위적인 이야기꾼의 자리를 전복적으로 포기한 이 같은 책에는 실례가 되지 않을 수 없는 것이다.

이 작품에 진정한 주인공이 있다면 그것은 공간이다. 파리의 한 거리에 위치한 지극히 프랑스적인 다층 건물의 전면을 작가는 벗겨낸다. 이 건물의 내부를 채우고 있는 공간을 점유했거나 현재 점유하고 있는 인생의 다양한 양상, 그 공간을 살아가는 인물들이 인생을 어떻게 사용하는가를 작가는 관찰하고 묘사한다. 이럴 때 공간은 시간 — 역사 그리고 이야기 — 이 된다. 건물은 시대를 격렬하게 표현하는 움직이는 현실이 된다. 99개의 장으로 나뉜 이 소설에는 1883년에 태어난 사람부터 1974년에 사망한 사람에 이르기까지 거의 한 세기를 가로지르면서 이 건물과 인연을 맺은 인간 군상의 다채로운 '인생 사용법'이 펼쳐진다.

욕망과 그 실현이 늘 일치하지는 않는 인생의 아이러니, 완결되지 않는 틈이나 빈자리가 드러나기에 역동적인 인생의 잔인한 법칙과 우연 들, 뛰어넘을 수 없는 스스로의 성향에 희생되는 사람들, 거의 집착적으로 자신의 재능을 파괴하는 사람들, 아무에게도 발굴되지 않은 불행한 재능, 인생의 비밀을 몸

서리치게 드러내는 작지만 결정적인 기이한 사건들…… 그뿐인가. 무수한 인생의 사용법만큼이나 다양하게, 이 소설 속에는 한 권으로 도서관을 지으려는 것처럼 이미 존재하는 책의 흔적이 곳곳에 숨어 있다. 세상에 존재하는 광대한 지식, 세상에 존재하는 위대한 문학에 반응하는, 보르헤스에서 뷔토르로 이어지는 한 전통에 페렉의 이 작품이 가담하기는 하지만 그것은 정말 일부분일 뿐이다.

퍼즐 놀이를 하듯이 현실을 해체하고 재구성하면서 우리 시대의 완성될 수 없는 초상화를 그리려 했던 이 소설에 깊숙이 매료되었기에, 나는 죽기 전에 이 작품만은 꼭 우리말로 번역해야겠노라고 마음먹은 적이 있었지만 시간은 다른 일로 채워졌다. 그리고 잊어버렸다. 번역 자체에 도전하는 난제들을 지뢰처럼 깔아놓은 이 작품이 번역되었다는 소식을 들었을 때, 그리고 마침내 번역본을 손에 들고 얼마나 큰 해방감을 느꼈던지!

두고두고 읽어도 고갈되지 않는, 다시 읽을 때마다 미처 못 본 새로운 부분이 드러나 놀라게 하는 작품. 곳곳에서 발견되는 유머러스하면서도 비극적인 인생 해석의 깊이에 전율하게 되는 작품…… 작가는 이 방대한 작품을 쓴 후 모든 에너지가 고갈되었던 것일까. 그는 이 작품의 블랙홀이라고 할 수 있는 결여의 상징인, 부족한 한 퍼즐의 자리를 온몸으로 채우듯 『인생 사용법』 출간 4년 후에 세상을 떠났다. 때로 작가는 자기가 쓴 작품을 닮는다.

나는 어떻게 쓰는가

마른땅에 보슬비가 내리듯이, 건조하고 닫혔던 마음에 조금씩 설렘의 동요가 일어나며 한 편의 글은 시작된다. 마치 농부가 대기의 미세한 기운을 감지하면서 농작물과 교감이라도 하듯이. 때로는 한 문장이, 때로는 문단 전체가. 어떤 때는, 드물지만, 핵심이 되는 영상이 자리를 잡으며 그 설렘은 일어난다. 그것은 하나의 음계일 수도 있으며, 무엇인지 아직 알 수 없는 하나의 어조(톤)에 멈추기도 한다.

어느 순간 설렘은 구체적인 기쁨으로 연결된다. 글쓰기라는 희열. 그것은 시작과는 달리 곧장 긴 낙담으로 이어지기도 하지만, 글은 일단 이 부인할 수 없는 흥분 어린 희열로 열린다. 첫 문장이 놓이고 글쓰기가 시작되면 폭풍과 같은 시간대로 빨려 들듯 끌려 들어간다. 그때는 그 안에서 무슨 일이 일어나는지, 매일 어떤 식으로 글이 진행되는지 구분이 가지 않는 시간이 된다. 상당 기간 그렇게 머물다 보면 그곳에서 빠져나오는 때가 어김없이 다가온다, 다행히도. 그렇게 그 작품과의 동거가 끝난다.

글쓰기의 시간은 자주 무시간이거나 혹은 질량과 중력이 다른 예외적 시간이 된다. 글이 진행되는 동안에는 확실히, 객관적이며 선적이고 여일한 그런 시간과는 다른 시간의 질을 경험한다. 안드레이 타르콥스키의 영화 「솔라리스」에서 죽음이라는 실제와 한계를 뛰어넘은 어떤 무중력, 무시간대에서 죽음으로 헤어졌던 부부가 만나 사랑의 능력을 회복하는 아름다운 장면이 있다. 한 소설을 쓰느라 작가가 빠져들어간 시간의 형질을 이성적으로는 설명할 수 없지만, 일단 글을 쓰고 그 시간대에서 빠져나오면서 습관처럼 「솔라리스」의 한 장면을 떠올리던 시절이 있었다.

이러한 시간의 농밀함에 관한 경험은 깊고도 충만한 것이기에 글 쓰는 직업을 가지게 된 것에 감사하는 마음이고 귀중하게 생각한다. 그 예외적인 시간 경험을 통해 삶의 시간에 다양한 층이 있다는 것, 삶 너머의 다른 시간대가 있을 수 있다는 것을 조금이나마 감지한다. 때로 소설 속에서 일어난 '그 일' '그 사건'이 밀도가 다른 삶의 예외적 순간인 것과 마찬가지로 말이다.

어렸을 때, 문학만이 모든 것이라 생각하고 문학만을 먹고도 살아진다고 생각했던 순진무구했던 때, 작가가 되기도 전인 나의 습작기 시간은 식구들에게 지옥이었을 것이다. 절대 침묵! 생활의 모든 잡음이 멈출 때까지 나는 방방을 돌아다니며 무거운 이마를 한 손으로 짚고, 어두운 표정을 지으며, 식구들에게 조용히 해줄 것을 부탁, 아니 강요하곤 했다. 당시엔 지금처럼 손쉽게 구할 수 있는 귀마개가 없었다. 이어폰처럼 아무때나 주변의 모든 소리를 단번에 죽일 수 있는 음악 주입기도 마땅치 않았다.

생활의 다른 영역에는 매우 관대한 편인데 글을 쓸 때만은 늘 소리와 불화가 있었고, 그것은 지금도 어느 정도 그렇다. 나이를 먹어가며 많이 완화되었지만 글쓰기의 절대 조건은 진공과도 같은 침묵이었다. 마치 내 내면이 저장하고 있을지도 모르는 무한히 미세해진 데시벨의 비밀스러운 교감을 놓치면 다 글러버릴 것 같은 당겨진 신경으로 나는 순수한 침묵을 갈망했다. 그 갈망은 나에겐 좋았으나 그로 인해 주변을 많이 힘들게 했다.

이 못된 습관은 다행히도, 어떤 요청이나 강요에도 굴하지 않는 드높은 울음소리로 존재를 알리는 아이 앞에서 저절로 약화되기는 했지만, 지금도 아주 사라졌다고 할 수는 없다. 누구는 글을 쓰기 전에 주변을 정리한다고 하고, 또 다른 누군가는 손을 깨끗이 씻는 습관이 있다는 얘기를 들으면서, 나는 참 좋겠다, 생각하곤 했다. 나의 요청은 얼마나 까다로운가. 세상은 잡음으로 가득 차 있고, 그것이 끝도 없이 무례하게 방해하며 들어오고, 때로는 울어버리고 싶을 정도로, 서울은 끝나지 않는 공사장의 드릴로 나를 위협하기 위해 존재하지 않던가?

다행히 기술이 나를 구해주었다. 이어폰! 글을 쓸 때 그 글에 맞는 CD를 고르고, 귀에 이어폰을 꽂고 나면 방이 하나 생겨나 그 안으로 들어가면 되었다. 온전한 침묵은 아니어도 세상의 소음과 차단되어, 진행 중인 글의 세계로 직진하도록 도와주는 한 장의 CD. 한 편의 작품을 시작하면서 동반할 음악을 고르는 것도 작은 기쁨의 하나다. 자주, 선택된 음악과 작품은 아무 연관이 없다. 사실 음악을 고른다고 할 수도 없다. 음악으로 침묵의 방을 짓는다. 어찌 보면 소리 차단제로 고르는 CD이므로 연주자들에게 늘 얼마나 미안했던지!

소설 쓰기가 행복한 것은 아마도 소설을 '내'가 쓰지 않기 때문에, 소설을 나 혼자 쓰는 것이 아니기 때문일 것이다. 소설을 쓸 때 나는 소설이 복수의 장르이기에, 삼인칭의 장르이기에 소설 쓰기에 위험 없이 깊이 빠져들 수 있다. 자아도취적 글쓰기는 내가 늘 기피하고자 애쓰는 것 중 하나다. 세상과의 교감, 삶 저 깊은 곳에서 끓어오른 마그마들의 어떤 융합, 무질서해 보이지만 그 안에서 무언가 생성되며 다시 체험되고…… 그런 방식으로 문장과 서사가 구성된다. 주제를 다 알고 쓰는 경우는 드물다. 물론 주제가 마음에 들어서 쓰기 시작한다. 쓰면서 그 주제를 경험한다. 소설은 세상이 던져온 질문을 살아가는 기록, 그 경험의 기록이다. 앞 문단의 경험이 그다음 문단을 결정한다. 바로 전의 문장이 그다음 문장을 결정하듯이.

물론 내게도 냉정한 '구상 노트'라는 것이 있다. 글을 쓰지 않을 때도 옆에 두고 자는 작은 공책이다. 하하, 주로 파란색이다. 새로운 글을 시작할 때 생각나는 것, 떠오른 문장, 무한히 바뀌지만 그래도 대강 자리 잡은 서사의 얼개 들…… 이런 잡다한 것들이 도움이 되기도 하고 그렇지 않기도 하다. 글이 막힐 때, 정말 앞이 안 보일 때, 혹시 뭔가 있을 것 같아 들여다보면서 덧없이 매달리는 일종의 부스터 같은 것이다.

나 혼자 쓰지 않기 때문에 소설 쓰기가 수월한 것만은 아니다. 각자의 고집스러운 삶의 질서가 있기에 '그들'과 공존하는 일은 늘 갈등을 만들어낸다. '나'는 어느 면으로는 '대代'필자이다. 물론 어딘가에 쓰는 자의 삶이 있다. 그의 역할은 무한히 작아지기는 해도 아주 없어질 수는 없다. 그는 기능으로, 일종의 통로로 존재한다. 소설집 『첫 만남』(문학과지성사, 2005)에 실린 「파편자전—익숙한 것과의 첫 만남」에서 "지구를 가득 덮은 영혼의 광케이블"(p. 262)이라고 썼다. 그 케이블 중 하나가 되기.

소설뿐 아니라 쓰는 자의 삶 또한 삼인칭이 된다. 개인적인 차원에서는, '나'의 것을 포함한 모든 개인적 삶이 객관화되는 것은 소설가에게 주어진 선물이라고 생각한다. 그렇지 않다면 이 민감함이라는 천형을 어느 정도 부여받은 작가라는 범주에 속하는 사람이, 격렬하고 변덕스럽고 무질서하며 자주 추함에 더 가까운 인간이 만들어내는 삶의 격랑 속에서 살아남을 길은 없었을 것이다. 아마 미리 질려 소설 쓰기를 포기할 수도 있었으리라.

그래서 소설을 잘 쓰는 일은 '나'라는 이 삼인칭의 균형을 얼마나 잘 유지하느냐에 달려 있다고 생각한다. 이 균형은 넓은 의미에서 윤리적 균형이라고 부를 수도 있다. 이 삼인칭의 균형이 소설을 쓰는 자에게 겸손함을 요청한다. 토시를 팔목에 끼고 맡겨진 문서를 대필하는, 지금은 사라진 동사무소 서기의 무표정한 성실함, 세상이 내 앞에 펼쳐놓은 삶을 무심히 받아 적는 그런 성실성을 내게 요청한다.

말이 사건이 되는 소설, 이러한 진짜 언어에 더욱 관심이 쏠린다. 행위의 의지 이전에 행위를 유발하는 능력을 가진 말은 늘 미래를 만든다. 호흡인 말, 숨을 불어넣는 말, 생명의 원천으로서의 호흡. 그런 말이 소설이 될 때 언어의 실행력이 회복된다. 창조주의 호흡이 들어감으로 생명체가 완성되듯이.

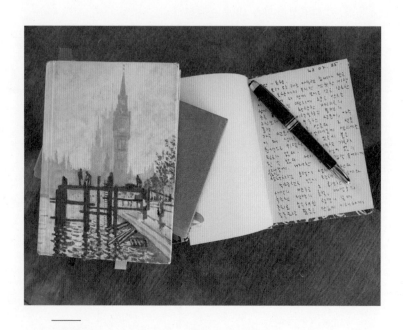

한 문장 건지러 꿈까지 쫓아오는 스테들러 제본 노트.
베를린 여행 중 만난 10×15×2cm의 사이즈는 구상 노트의
기본미가 되었다. 종이는 잉크를 갈증으로 흡입한다.

무주의 작업실 창 저편에서, 이 아침의 적상산은 중턱까지
안개를 두르고 깊은 숨을 내쉰다.

공감의 신비

한 사람의 적성이나 성향을 파악하려는 검사에 인간의 정서적인 능력을 재는 감성지수EQ가 포함되는 것을 종종 보게 된다. 이것이 1990년대 전후에 도입되었다고 하니 그리 오래된 것은 아니다. 정서적인 능력이 사회 적응 능력과도 관계가 있다고 보아 사회적 지능지수와 같이 고려되기도 한다. 인간의 정서적인 능력을 어떻게 수치화할 수 있을지 논란의 여지는 있겠지만, 이 영역의 전문가들이 매력적으로 느낄 만한 지수가 아닐 수 없다. 감정을 수용하고 제어하거나, 반응하고 소통하며 관리하는 여러 능력이 그 테스트에 포함돼 있는 것을 보면 다분히 사회심리학적인 면모가 엿보인다. 한편 이러한 감성지수에 대한 관심이 개인의 정서적인 능력이 눈에 띄게 후퇴하고 있을 즈음의 현대에 와서 등장했다는 것은 의미 있어 보인다.

세상에 무서운 것이 많지만, 언어가 중요한 나 같은 사람에게 제일 겁나는 것은 소통이 안 되는 상황이나 그런 사람을 만났을 때다. 그런데 언어가 소통의 절대적인 요소가 아니라는 것을 경험한 이후 언어에 대한 내 생각은 변화를 겪었다. 더 나아가, 언어가 꼭 말로만 이뤄지지 않는 것처럼, 소통 또한 꼭 언어를 통해서만 이뤄지지는 않는다는 것이 참으로 다행이라는 생각까지 하게 되었다.

오지 여행에서 길을 잃어, 언어도 문화도 다른 종족의 사람들과 한나절이나 언어 없는, 눈빛만의 대화를 한 적이 있다. 물론 각자 자기 말로 감탄도 하고 질문도 했지만 그건 그저 서로 무언가를 공감하고 있다는 표시일 뿐 전언적 기능은 하지 못했다. 중요한 것은 공감이었다. 두 존재가 서로를 인격적으로 인정하고 있다는 눈빛이 언어의 지시적 기능을 뛰어넘어 작동했던 것이다. 이 공감이 있었기에 우리 일행은 길을 잃고도 두렵지가 않았다. 또한 각자 한 마디도 알아들을 수 없는, 소리에 불과한 서로의 언어를 뛰어넘어 소통할 수 있었다. 공감이 형성되자 우리를 맞아들인 그 집의 가장이 서너 가구가 다였던 고립된 그 마을에서 우리를 탈출시켜줄 것을 확신할 수 있었다. 결국 그대로 이뤄져 우리는 아쉽지만 다시는 할 수 없는 경험을 뒤로하고 문명 세계로 돌아왔다.

반면, 한 시간을 달변으로 떠들고 나서도 아무런 교감 없이 피곤한 경우도 적지 않다. SNS 공간에서 가볍게 표현하는 좋다, 싫다의 엄지 버튼이나 한두 번쯤 별생각 없이 누르는 하트 공감 버튼이 그보다 나을 때가 있다.

공감은 문학을 비롯한 모든 예술 활동의 기반이다. 예술가는 감상자의 공감 능력을 믿고 작품을 만든다. 누군가는 내 작품을 이해하겠지 하는 믿음 없이 쓰고, 그리고, 작곡할 수는 없다. 이 무작정의 믿음이 예술의 아름다움을 만든다. 이스라엘의 대표적인 작가인 아모스 오즈는 한 강연에서 자신의 문학 특성을 '전혀 다른 타자와의 공감'에 두고 있다고 말했다. 그래서인지 오즈의 작품은 다른 성姓인 여성의 내면을 탁월하게 그려낸다. 갈등 관계에 있는 팔레스타인을 마주하고 있던 상황이라 이스라엘의 작가의 '전혀 다른 타자'와의 공감이라는 말이 각별한 의미로 울렸던 기억이 있다. 공감을 그저 정적인 감정의 상태라고 생각하기 쉽지만 그건 소극적인 이해이다. 당장은 아무 일이 없어도 공감은 결국 무언가를 하게 한다. 공감이 단순한 센티멘털리즘이나 감정의 과잉과 구별되는 점이다. 공감은 타인이 기쁠 때 그의 입장에서 같이 기뻐하는 것이고, 타인이 슬플 때 같이 슬퍼할 수 있는 능력이다. 타인이 슬플 때 내 슬픔이 생각나서, 감염돼 같이 울어주는 것은 어렵지 않다. 그러나 타인에게 기쁜 일이 일어났을 때 같이 기뻐하는 건 조금 어렵다. 사촌이 땅을 사도 배가 아프다고 하지 않던가. 그 기쁜 일이 내게 일어났어야 하는데 타인에게 일어났기에, 웃기는 해야 할 것 같아 일그러진 미소로 답한다. 이것은 자기중심적인 감정 표현이라고 할 수 있다. 그래도 감정이 메마르거나 아예 없는 것보다는 낫다. 이것을 잘 구분해준 사람이 있다. 프랑스에서 시작한, 극빈자를 위한 '엠마우스Emmaus 운동'의 창시자인 아베 피에르Abbé Pierre는 인간을 두 범주로 나누었다. 하나는 자기 충족적인 인간이고, 다른 하나는 타자 – 이웃과 공감하는 인간이다. 가장 고통받는 이의 고통을 맛보고 타인의 고뇌와 필요에 반응한다는 가치관으로 시작된 엠마우스 운동은 현재 전세계 40여 개국에 350개가 넘는 단체로 커졌다. 이 세계의 비참에 대한 공감이 엠마우스 운동을 추동했다.

내가 잊을 만하면 다시 꺼내 들여다보는 기억 속 한 장면이 있다. 전에 살던 동네에 다리를 저는 딸을 가진 여성이 있었다. 이사 직후, 나는 출근길에서 모녀와 이따금 마주쳤다. 엄마인 그 여성도 딸처럼 한쪽 다리를 절고 있어서, 나란히 걷는 그 두 사람은 쉽게 눈에 띄었다. 어느 날, 딸 없이 혼자 장바구니를 들고 또박또박 걸어가는 여성을 보고 나는 깜짝 놀랐다. 딸과 같이 걷느라, 딸의 안타까운 장애를 함께 나누느라 그녀는 딸처럼 같은 쪽 다리를 부러 절면서 걸었던 것이다. 얼굴에 유난히 자신감이 넘치던 딸의 표정을 나는 지금도 기억한다. 그런 엄마가 옆에서 걷고 있는데 딸에게 두려울 것이 뭐가 있겠는가. 예술 작품에 대한 공감도, 타인의 삶에 대한 공감도 사건을 만든다. 사랑하는 나사로의 죽음 앞에서 흘린 예수그리스도의 눈물처럼 죽은 자를 살리지는 못할지라도 인간의 공감 역시 누군가를 살리는 능력이 있다. 공감해주는 사람이 있을 때 기쁨은 몇 배가 되고, 스러져가던 인생은 되살아난다. 공감의 신비다.

벼랑 아래의 외침

어떤 문학작품은 잊히지 않는 단 한 문장, 단 한 장면만으로도 충분히 존재 가치가 있다. 이렇게 내장된 독서의 기억이 삶의 불가해한 부분을 해석해주어 앞으로 나아가게 한다. 그런 부분을 숨기고 있는 작품은 그 자체만으로도 칭송할 만하다. 읽는 이의 삶에 개입하는 그런 문장이나 장면은 우연히 기억되는 것이 아니다. 작품 전체의 구성 속에 은밀하게 준비되어 있다가 적소에 배치되어 빛을 발하기 때문이다.

오에 겐자부로의 『인생의 친척』(박유하 옮김, 웅진지식하우스, 2005. 이후 이 책의 인용은 본문에 쪽수만 밝힌다)은 그런 의미에서 놀라운 작품이다. 이 소설은 어쩌면 노벨문학상 수상 이후 우리에게 잘 알려지게 된 이 작가의 대표작은 아닐지도 모른다. 물론 오에의 작품 세계에서 중요한 전환의 지점에 씌어진 『개인적인 체험』(서은혜 옮김, 을유문화사, 2009)이나, 전 세계적으로 잘 알려진 소설 『만엔 원년의 풋볼』(박유하 옮김, 웅진지식하우스, 2017)도 좋아한다. 그렇지만 누가 이 작가의 작품 한 편을 추천하라고 하면, 어쩌면 이 작가의 소설 중에서 가장 비소설(혹은 사소설)적일지도 모를 『인생의 친척』을 들고 싶다. 이 작품의 초반부에 위치해 일종의 라이트모티프로 작품 전체를 주도하는 한 장면이, 이 작가의 작품들을 여일하게 관통하고 있는 고통이라는 주제를 가장 극한적으로 요약하고 있기 때문이다.

소설을 읽은 지 수년이 지났건만, 나는 단 한 장면으로 이 작품이 제안하는 저 짙고도 깊은 존재의 늪으로 단숨에 하강할 수 있다. 지적장애를 가진 소년과 신체부자유 소년, 두 명의 여리고 상처받은 영혼이 휠체어를 밀며 한때의 행복한 기억이 배어 있는 별장지의 빈 숲속, 벼랑을 향해 힘겹게 한 걸음 한 걸음 나아간다. 벼랑 앞에서 잠시 멈칫했지만 그 힘겨운 걸음은 지속되고, 한순간 두 소년과 휠체어 모두 저 밑으로 떨어진다.

아무런 묘사 없이도 그 순간 절벽을 감싼 무거운 침묵, 짙은 숲의 색깔, 그 장면에 직면한 두 아들의 어머니인 한 여인의 속에서 되살아나는 짧고 깊은 외침이 바로 옆인 것처럼 감지된다. "형, 이 세상은 무서운 거야! 개는 짖지! 노려보거나 비웃거나 하는 사람도 있지! 발작은 일어나지!"(p. 65)라고 부르짖게 하는 근원적인 공포가, 무서운 세상에 생살로 노출된 소년들을 사로잡은 전율의 크기가 이 장면 속에 압축되어 있다. 작가는 이 장면을 직접 서술하지 않는다. 소년들의 아버지가 쓴 편지에 간접적으로, 짧게 묘사되어 있기에 두 소년과 그들을 아들로 둔 한 여인의 고통에 대한 작가의 사려 깊은 존중이 더 잘 느껴지는 건지도 모른다.

『인생의 친척』은 바로 이 같은 극한의 상실 이후에도 삶을 살아내야 하는 한 여인, 살아낼 뿐만 아니라 이겨내는 한 여인, 그로부터 삶의 본질적인 질문을 멈추지 않는 구라키 마리에에 대한 얘기다. 지적장애아인 첫아들과 이어서 사고를 당한 둘째 아들의 삶을 '속죄'의 과정으로 받아들이는 것도 범상치 않지만, 두 아들의 비극적인 죽음이 야기한 슬픔과 고통을 멕시코 인디오들의 관습에 따라 인생의 친척으로 받아들이는 긴 여정이 수월할 수는 없다. 작가는 마리에가 온 삶으로 던지는 고난에 대한 질문의 어두운 우회로를 가감 없이 뒤따르며 추정하고 해석하고 서술한다. 타자의 고통에 대한 낡을 줄 모르는 감지 능력을 지닌 마리에. 그녀 고유의 고통을 나누는 방식, 즉 고통을 겪는 타자들에게 인생의 친척이 되는 방식에서 독자는 그녀의 삶이 다다른 먼 멕시코 산간의 가난한 농장 마을에서의 말년에 드리워진 십자가의 짙은 그림자를 감지하지 않을 수 없다. 사랑은 사랑의 대상을 열망한다. 사랑하는 대상의 고통까지 모방한다. 그게 마리에의 삶이다. 비록 서술자인 작가 자신은 그 사랑의 신비를 납득하지 못했다고 고백해도, 그 또한 마리에 인생의 친척임이 분명하다.

마중물 통장

누구나 돈을 좋아하지만 돈이 주어진다고 다 좋게 쓰는 법을 알고 있지는 않은 것 같다. 우리는 로또에 당첨된 사람이 갑자기 거저 생긴 횡재를 주체하지 못해 당첨되기 전보다 더 난감한 처지에 빠졌다는 소문을 종종 듣는다. 벼락부자가 되고 가정이 깨지는 경우도 자주 보았다. 그런가 하면 돈을 마구 뿌리는 사람이 있다. 흔히 말하듯 통이 큰 데다 정 많은 기분파여서 그럴 수도 있겠지만 속내를 알고 보면 정말 그런 경우는 드물고, 자기 돈이 아니어서 겁이 없는 경우가 많다.

요즈음 안정된 일자리를 찾지 못한 일군의 젊은 층에서는 복지, 지원, 실업수당 같은 누구에게나 알려져 있는 지급 혜택 창구는 물론이고 복잡한 이름의 숨어 있는 돈에 대한 정보와 자격 요건 등에 대한 세밀한 정보를 알려주는 사이트나 유튜브가 꽤 인기인 모양이다. 이러한 정보를 요리조리 찾아가 합산하다 보면 때로는 구태여 일하는 것보다 일하지 않는 것이 더 낫다는 계산이 나온다는 거다. 이건 기회인가 함정인가, 여간 헷갈리는 게 아니다.

가끔 청년들이 찾아와, 좋은 사업이나 문화 계획이 있다면서 투자나 후원을 해줄 사람을 소개해줄 수 있느냐고 묻는다. 나의 사정을 아는 그들이 내게 직접 돈을 요청하는 것이 아님을 뻔히 알면서도 나는 왠지 마음이 불편하고 조금은 창피하고 가끔은 미안하기도 하다. 그중에는 정말 사회와 이웃에 좋은 영향을 끼칠 유망한 계획이 있기도 하기에 우선은 온 지혜를 동원해 그 계획이 잘 실현될 수 있도록 돈 안 드는 아이디어를 목이 쉬도록 생각나는 대로 나누어준다. 하지만 그것으로는 분명 부족하다. 그렇게 조금씩 휘말려 들어가면서 알음알음으로 지인에게 전화를 걸고 상황을 설명하고 어렵사리 만남을 주선하는데, 내 일이 아닌데도 쥐구멍에 들어가고 싶을 정도로 주눅이 들 때도 있다. 나보다 능력 있고, 운과 혼신의 노력이 동원되어 재력을 구비했다 해도 누가 고난의 노동으로 번 돈을 쉽게 내놓겠는가. 그래서 내 마음의 평화를 위해 일찍이 시작한 것이 마중물 통장이다. 지인이 운 나쁘게(?) 내가 던진 덫에 걸렸을 때 예상에 없는 지출에 대한 미안함이나 고마움을 표현하느라 나도 적은 금액이나마 마중물로 도움에 참여하는 것이다.

돈을 잘 쓰는 것은 확실히 여윳돈 있는 사람들만의 특권이 아니다. 그것은 각자가 능력껏 필요한 곳이나 사람에게 돈을 잘 '주는' 것이다. 자기를 위해 잘 쓰는 것도 쉽지는 않지만 주변의 필요에 의해 나누는 것은 다소간 중독 경향이 있는 놀음 같은 것 아닌가 싶다. 나보고 미안해하지 말하며 어떤 지인이 한 얘기가 있다. 과학적으로도 확률적으로도 증명할 수는 없지만 그렇게 돈을 잘 쓰면 그만큼 혹은 그 이상 돈이 들어오는 기이한 경험을 자주한다고 한다. 믿거나 말거나인데 시간이 흐르면서 나도 바보처럼 믿게 되었다. 마중물 통장이 빌 때마다 이상하게 또 채워지니 말이다.

되찾은 사과 편지

일하는 모든 사람에게 11월은 조금 빡빡한 감이 있는 달이다. 주말을 제외하고는 1년 중 공휴일이 거의 없는 달 중의 하나다. 1등과 최고를 좋아하는 우리는 그달에 1등의 1자가 세 개, 네 개 이어지는 의미 있는 날들이 있다는 것을 불공평하게도 잊고 지나간다. 11월 1일을 위한 계획도, 11월 11일을 위한 계획도 세워봄 직한데 말이다. 이달만의 자랑은 아니지만 과일의 종류에 있어서만은 단연 또 1등이다. 감, 사과, 배, 대추, 모과, 귤……

계절과 계절 사이에 놓였다는 공통점이 있더라도 5월과는 질적으로, 심리적으로 차이가 난다. 향하고 있는 지점이 같지 않다. 5월은 무르익음을 향해 가지만 11월은 스러짐을 준비한다. 내가 아는 한, 어떤 시인도 '네가 내게 11월을 주면 나머지 모든 계절을 네게 주마' 하고 11월을 찬미하며 읊지 않았다. 조금 잊힌 억울한 계절, 어떤 무르익음과 끝 사이에서 별 관심을 끌지 못하고, 숨듯이 지나가는 달! 그래서 나는 11월을 사랑하기로 한다. 그럴 만한 이유가 있기도 하다.

이즈음이 되면 우편물이 쇄도한다. 일일이 관리할 틈도 나지 않아, 넘치도록 도착하는 서류나 인쇄물 들을 빈 상자에 쌓아 무성의하게 방치해둔다. 보낸 이의 이름을 건성으로 보는 듯 마는 듯, 상자 안에 우선 기약 없이 쌓아둔다. 마음의 가책도 없이. 아주 중요한, 내게는 정말 중요한 편지 한 장이 그 안에 들어 있을지도 모르는데 말이다.

수년 전, 오랫동안 외국 생활을 한 초등학교 시절의 친구가 돌아왔다. 친구는 조금 지쳐 있던 터라, 인생의 새로운 전기를 찾아 한시적으로 귀국했노라고 했다. 딱하게도 나는 그 친구가 내게 기대하는 것만큼 많은 시간과 마음을 할애해줄 수 있는 상황이 아니었다. 몇 달이 지나자 실망한 친구는 여러 방면으로 나를 당황스럽게 하는 일들을 벌였다. 우리의 오랜 우정으로 보면 친구에게는 내게 그런 부당한 일을 할 권리가 있었다. 그래서 내가 이해심을 보이면 그 강도는 더 심해졌고, 급기야 나는 반응을 삼가는 가장 게으른 방법을 택하게 됐다. 그런 상태가 얼마간 계속되다 보니, 어릴 적 공기놀이와 고무줄 넘기의 단짝이었던 이 친구는 나에 대한 서운함을 미움으로 바꾸고는 어느 날 연락도 없이 훌쩍 떠나버렸다. 어린이날에 장난삼아 서로에게 보내던 편지도 없었고, 옛 전화번호는 유효하지 않았다.

어느 해 겨울방학도 한참 넘기고, 인쇄물과 홍보지 사이에 끼여 있던, 버려지기 직전의 철 지난 편지 한 장을 가까스로

구해냈다. 편지 겉장의 이름 석 자가 그토록 반가우면서도, 지난 시간 친구의 박해(?)를 생각하니 그 안에 폭탄이라도 장착되어 있는 것처럼 열기가 두려웠다. 그래도 정다운 글씨체에 무작정 이끌려 열어본 편지에는…… 짧지만 깊은 사과가 담겨 있었다. 잃을 뻔한 우정은 이렇게 구조되었다.

우편물을 읽지 못할 정도로 바쁠 때면, 그것이 내 생활의 균형이 깨지는 신호임을 알아챘다. 그 신호가 오면 나는 무슨 수를 써서라도 하루 정도는 온전히 비워둔다. 전화도 끄고, 약속도 취소하고, 미안했거나 고마웠던 사람들에게 사과나 감사의 편지를 손으로 직접 혹은 이메일로 쓰는 시간을 가져본다. 그러나 꼭 무엇을 해야 맛인가. 그저 빈 하루를 망연히 보내보는 것도 의미 있다. 이 계절에 각별히 맛있는 사과, 배를 한 손에 들고 사각사각 소리가 나게 가끔 베어 먹으면서. 잘 영근 과일이 터지는 투명한 소리에 마음의 주름이 살짝 펴진다.

나를 버리고 돌아간 곳에서

우리네 삶에서, 특히 기독교인들에게 어려운 문제 중 하나는 피할 새도 없이 앞을 막아선 악을 마주하고 섰을 때다. 얼마나 자주 우리는 세상의 정의롭지 않은 일이나 악한 사건들의 비밀스러운 증인이 되는가. 악을 저지르지 않는 것은 오히려 수월하다. 그러나 어쩌다 우리가 악행의 증인이 되거나 자신도 모르는 사이에 그런 일에 연루될 때, 우리의 실존과 신앙은 매우 의미심장한 출렁임을 경험한다.

「시편」136편에서 취할 정도로 반복하여 다윗이 찬양하는 무한 인자한 하나님의 속성과 악 앞에서 준엄한 신적 공의의 사랑 사이에서, 우리 모두가 파스칼은 아닐지라도, 마음은 갈대가 되어 강안의 이편과 저편 사이에서 흔들리게 마련이다. 궁극적인 결말을 하늘의 주관자께 맡기고 눈을 감아버리거나, 용서를 간구하며 얼굴을 돌려야 하나? 아니면 회복을 위한 첫걸음으로 신앙인의 기본적인 의무감을 가지고 악을 드러내야 하나.

독일의 소설가 베른하르트 슐링크가 쓴 장편소설『귀향』(박종대 옮김, 시공사, 2013)의 주인공 페터 데바우어도 바로 이런 문제에 직면해 있다. 작가 자신이 그렇듯이, 주인공 페터도 법학과 출신이다. 그는 출판사의 법률 담당 편집인으로 일하던 중, 존 드 바우어라는 이름의 저자가 쓴 "법의 오디세이아"라는 제목의 번역 원고를 읽게 된다. 미국에서 출간된 저명한 법학자의 저서였다. 이 책으로 인해 그의 인생은 전혀 예상치 못한 방향으로 흘러간다.

홀어머니와 사는 집과 스위스의 조부모 집을 오가던 평화로운 유년을 지나 세상과 성공을 뒤로하고 출판사 직원이 되어, 법의 세계의 진실과 몇 여성과의 지지부진한 사랑 사이를 미미하게 오가던 페터가 도저히 회피할 수 없는 삶의 어떤 요청에 대해 처음으로 반응하게 되는 것이다. 집안에서는 언급하는 것이 금기시되었던 아버지의 실체를 파헤치는 추적에 페터 자신이 뛰어들게 되었기 때문이다.

'귀향'에 관한 서사인 호메로스의『오디세이아』를 패러디한 소설 속의 소설을 등장시키면서『귀향』은 추리소설에 방불한 촘촘한 이야기의 꼬임과 진실을 추적하는 드라마를 뒤섞어 페터 아버지의 과거를 밝혀낸다.

페터가 어릴 때 조부모의 집에서 읽은 대중소설의 저자였고, 전쟁 중에는 나치 당원으로 활동했으며, 현재는 미국의 유명 법학자가 된 존 드 바우어. 신분 세탁을 위해 애인에게 자신의 사망신고를 요구하고, 그 대가로 버려질 애인과 아이에게 필요한 결혼 증명서를 써주고는 호적에서 사라져버린 이 남자가 바로 페터의 아버지다. 이 겹겹이 저질러진 악행의 실존 앞에서 페터는 오래 망설이지 않는다.

페터는 미국으로 건너가 이 법학자의 세미나에 참여해 그의 현재를 파헤친다. 아버지를 찾아가는 일종의 귀향이다. 그러나 그가 발견한 것은 전혀 다른 것이다. 악행은 이론을 낳는다. 존 드 바우어는 자신의 악행을 법 이론으로 정당화하며, 자신이 저지른 과거를 이론으로 해체하고, 자신에 대한 공격까지 매력적으로 호도할 줄 아는 교묘한 지적 능력으로 승승장구한다.

다시 독일로 돌아온 페터는 진실을 밝히는 원고를 『뉴욕 타임스』에 보낸다. 당시에는 잊혔던 이 원고가 몇 년 뒤 한 기자에 의해 발견되면서 존 드 바우어의 이야기가 세계 언론에 일제히 실린다. 방송 대담 이후 이 법학자가 보여준 겸손과 솔직과 다정함이 뒤섞인 인품과 카리스마가 공개되면서 그의 위치는 더욱 공고해진다. 악은 아주 친근한 어떤 것이 된다. 이 평범한 세상에서 악이 어떻게 아무렇지도 않게 이론으로 지속되고 번성하는지, 세상은 왜 그에 찬사를 보내는지를 놀랍게 분석해 보여주는 이 과정에 슐링크는 소설의 중요한 후반부를 할애한다.

페터의 귀향, 법의 귀향, 소설 속 소설의 병사의 귀향, 모두 스산하고 쓸쓸하다. 고향은 더 이상 고향이 아니며 진실을 밝혔다고 영웅이 되지도 않는다. 그러나 진실을 밝히고 난 페터는 이미 이전의 페터가 아니다. 페터는 가짜 고향과 아버지를 다시 한번 잃지만, 그 대신 소설의 끝에서 사랑을 얻는다. 제4회 박경리문학상 수상자로 한국을 방문하기도 한 슐링크의 『귀향』은 바로 이런 면에서 명민한 작품이며, 모든 가치가 상투적으로 변하는 현대사회에서 진실을 위해 악을 드러내는 문제가 단순하지 않음을 기독교 작가답게 예리하게 해부해 보여준다.

2부

사막아, 사슴아

속도와 잡음

세상에서 가장 신비한 단어가 있다면 그것은 '영원'일 것이다. 인간이 근접할 수 없이 광대하며 경험할 수 없는 미지의 영역이기 때문이다. 그럼에도 한정적이기는 하지만 인간에게 부여된 상상력이라는 자유가 있기에, 우리는 모르면서도 이 '시간을 초월한 시간'이라고밖에 표현할 수 없는 '영원'을 염원하고, 현실 삶의 한계를 뛰어넘는 어떤 지대로 인간의 지력과 이해력을 확장하고자 한다. 이렇게 인식의 영역을 확장하고자 하는 욕구는 인간의 본성에 속한다. 이 확장 과정에서 우리가 영원을 조금이나마 맛보는 것인지도 모른다.

인간의 한계를 뛰어넘어 상상하게 하는 단어들이 또 있다. 영원만큼은 아니지만 내가 좋아하는 또 다른 단어는 '고요'이다. 움직임과 소리가 완벽히 멈추어 있는 절대 고요란 존재하지 않는 것 같다. 무중력의 우주쯤에 그런 완벽함이 존재할까? 가보지 않았으니 추정할 뿐이다. 언젠가 여행 중 나사NASA 우주 센터에서 본 것처럼 우주여행이 가능하게 되는 머지않은 미래에는 무슨 수를 써서라도 참여하고 싶다. 그곳에서 영원과 완벽한 고요가 무엇인지를 맛볼 것 같은 예감 때문이다. 그러나 그것은 너무 먼 얘기다.

그것이 먼 이야기처럼 느껴질 때, 차선책으로 택하는 여행지가 사막이다. 나의 소박한 경험으로는 사막 깊숙이 들어갔을 때 영원과 고요가 결합되는 기이한 순간에 근접하는 것 같다. 삶의 흔적이 희박한 그곳에서 자연은 가장 본질적인 몇 요소로 요약된다. 사막에서 나는 기이하게도 그만큼 단순화된 존재의 원형을 되찾는 것 같은 착각을 한다. 그것이 나로 하여금 마치 명절 때 고향을 방문하듯이 나의 근원을 찾아 사막으로 떠나게 한다.

사막의 포도, 투루판

　가장 가까이 있는 것의 귀중함을 모르고 사는 것은 인간의 우매함 때문이다. 일례로 물의 신비함과 아름다움을 가장 깊게 알게 되는 것은 단연 사막에서다. 대체로 사막에서 만나는 물은 인간의 자연에 대한 지식, 상상력과 지혜의 깊이를 깨닫게 해준다. 왜 어떤 사람들이 사막을 터전으로 삼아 그 살기 힘든 곳에서 살기로 결정했는지, 나는 그 이유를 알지 못한다. 나처럼 그저 '사막이 좋다'고 말하는 개인적인 취향의 문제를 뛰어넘는 어떤 삶의 조건에 그들이 몰입했기 때문이 아니었을까. 적막한 순수, 절대 고독, 광대함의 깊이, 자연의 호흡이 가장 잘 느껴지는 깊은 침묵, 절대적 기본으로 요약되는 단순미…… 거대한 창조의 손이 느껴지기에 경외감을 배우게 되는 이러한 사막의 매력에 이끌려 그곳에서 사는 사람들이 여전히 존재하는 것이리라. 그 매력이 아무리 절대적이어도 그곳의 삶을 가능하게 하는 것은 '물'이다. 사막을 모르는 사람이라도 '오아시스'라는 말에 격앙하는 이유가 바로 거기에 있다.

사막에 방불한 자연조건을 인간의 지혜로 길들이며 사막 한가운데 도시가 만들어지기도 한다. 잠시 머물렀던 미국의 어바인시市는 풍부한 녹색 공원과 계획된 도시의 짜임새 있는 풍모로 인해, 옆의 주에서 물을 끌어다 도시가 만들어졌다는 생각을 하기 힘들 정도다. 어바인 도심에서 조금만 멀어져도 사방으로 펼쳐진 황량한 야산과 메마른 사막식물들을 볼 수 있다. 어바인에서는 정원을 사막기후에서나 자라는 기이한 모양의 식물군으로 장식하는데, 초소형 사막을 집 앞에 꾸며놓은 듯 매우 이색적이다. 두 시간만 가면 그 유명한 모하비사막이 펼쳐지는 이 지역에 계획도시가 생겨난 것은 물의 문제를 해결했기 때문이다. 인공 오아시스 도시라고나 할까?

그러나 역시 자연스러운 오아시스의 아름다움을 능가하는 것은 없다. 중앙아시아의 황량한 돌사막 한가운데로, 겨우 뚫린 듯 나 있는 길을 따라가다 보면 그 끝에서 '투루판'이라는 놀라운 도시를 만나게 된다. 서유기에 나오는 화염산이 인근에 있어서 관광지로도 알려진 곳임에도 광야를 가로질러 투루판에 이르게 되면 놀라지 않을 수 없다. 열기를 동반한 바람과 시간이 만들어낸 화염산의 모양도 기묘하기 그지없고, 타림분지와 타클라마칸사막을 따라 돌밭과 모랫길만을 거쳐 마침내 그 끝에서 만나는 투루판의 면모는 신비하기까지 하다. 훅 하고 몇 도 높은 바람만 불어도 온통 타버릴 것같이 달구어진 길 한가운데서 갑작스럽게 이름 모를 나무들이 가로수 그늘을 만들고, 도시 곳곳에 포도나무 덩굴이 아치를 이루는 이 도시가 눈앞에 솟아나는 것이다. 사막 한가운데서!

이 작은 도시에서 우리는 마침내 오아시스라는 단어를 제대로 경험하게 된다. 천산을 덮은 만년설이 서서히 녹으면서 대지로 스며든 수천 미터 지하에 관을 놓아 '카레즈'라는 지하 수로를 만들고, 천여 개에 달하는 일종의 관정을 뚫어 그곳의 물을 모아 지상으로 끌어올린, 인간의 목마름과 지혜가 만나서 만든 진짜 오아시스 도시다. 이 도시에서는 지하의 물과 하늘의 불바람이 만나서 영근 짙은 맛의 포도로 포도주를 생산한다. 중국 전역에 걸쳐 생산되는 제품 중에서 최상품으로 분류되는 투루판의 포도주는 귀하기 때문에 1인당 구매량이 한정되어 있다. 사막을 달려온 방랑인들에게 이보다 더 큰 보상이자 선물이 있을 수 없는 것이다.

사막이 아름다운 것은 사막 어디엔가 오아시스가 있기 때문이다. 아니, 오아시스가 아름다운 것은 물이 기적처럼 사막 한가운데 저 깊은 곳에서 흐르고 있기 때문이다. 사막과 물의 매력에 이끌려 이 여름에도 다시 한번 사막 여행을 꿈꾸게 된다.

돌밭의 향기

향기를 싫어하는 사람은 없다. 그래도 각자가 좋아하는 향기는 다 다르다. 내가 구수한 향이라고 생각하는 것이 다른 사람에게는 역겨울 수 있다. 어떤 향기의 호불호를 단순히 취향이라고 말할 수도 있다. 그러나 취향이란 얼마나 복잡한 것인가. 그것은 종종 한 사람의 매우 고유한 경험들, 때로는 말로 표현되기 이전의 사소한 습관이나 너무 익숙해져버린 환경 같은 것에서 형성된다. 복잡한 만큼 다양하기도 하다. 그렇기에 개개인의 취향에 부합하고자 그토록 많은 종류의 향수가 개발되고 또 대중적으로 팔리고 있을 것이다.

내게도 향기에 관한 취향이 있고, 선호하는 향수가 있다. 요새는 우리나라에서도 재배하는 라벤더의 향은 대중에게 널리 사랑받는 꽃향기이다. 나도 그 향기를 선호하며 라벤더꽃에서 추출한 향수를 좋아한다. 또한 누구나 그렇듯이 아무리 잘 개발되었다 해도 향수보다는 자연 향이 더 좋다. 라벤더 향은 향수로 치면 그다지 고급 향이 아닐지도 모르며, 잘은 몰라도 가장 수월하게 자연 향에 가깝게 향수를 만들 수 있지 않을까 추정해본다.

그런데 아무리 생각해도 라벤더라는 영어식 발음으로는 이 꽃의 향기가 온전히 코끝에 맡아지지 않는다. 역시 그 꽃은 프랑스식으로 '라방드'라고 불러야 진가가 드러나는 듯하다. 그렇게 불러야, 보라색의 무한한 변주를 이루며 시야 저 끝까지 이랑을 이루는 라방드 꽃밭이 눈앞에 펼쳐지는 것이다! 이름은 그래서 객관적일 수가 없는가 보다.

프랑스에서 구차한 유학생 생활을 하던 3년째의 여름, 향수병이 나를 덮쳤다. 지금처럼 옆집 드나들듯 1년에도 몇 번씩 여행하던 때가 아니어서 나는 간곡한 마음으로 집에 편지를 썼다. 잠시 귀국하겠노라고. 답변은 '노No'였다. 그럴 여유 있으면 그 돈과 시간으로 여행을 하라는 분부였다. 그렇게 향수병을 이기려고 친구 서너 명과 무작정 떠난 여행에서 나는 라방드 꽃밭과 그 향기를 만났다.

프로방스 북부의 드넓고 높은 쪽빛 하늘, 손끝에서 부서질 것 같은 석회질의 낮은 산에 둘러싸인 다소간 높은 평지, 이마에서 땀이 흐를 틈도 주지 않고 말려버릴 듯, 공격적으로 다가오는 건조하고 뜨거운 그 지방 여름의 황량한 열기…… 이런 것들과 어우러져 골골이, 보일 듯 말 듯 미묘하게 색을 달리하는 라방드 꽃밭이 눈이 시리도록 펼쳐졌다. 연보랏빛 이랑 사이를 걸어 들어가서야 나는 이 풀에 가까운 라방드 꽃향기의 비밀을 알 수 있었다. 연약한 줄기가 모여 무리를 이루지 않고는 빛이 나지 않는, 한 줄기만 보면 그저 꽃답지 않은 꽃을 겨우 피우고 있을 뿐인 이 야생식물이 뿌리를 내리고 있는 땅은, 바짝 마르고 푸석한 흙이 겨우 섞인 돌밭이었던 것이다.

안타깝지만 내버려둘 수밖에 없는 고난의 시간이 누구에게나 있다. 이겨내야만 더 강인해지는 향수병 같은 간헐적인 병이 있듯이. 그런가 하면 돌밭에서 어렵사리 뿌리를 내리며 농밀해지는 향기가 있다. 라방드 향의 비밀을 알게 된 이후 나는 많은 사막을 여행하게 되었다. 이상하게도 나는 사막에서 가끔 라방드 꽃밭을 환영으로 떠올린다. 둘 사이의 공통점은 돌밭이다. 그곳을 지나야 삶에서는 더 짙은 향기가 난다. 가끔 사막의 돌 틈에서 발견하는 말라버린 잡초 잎에서 더 깊고 짙은 향기가 배어 나오듯이.

지금 생각나는 몇 가지 비유

사막과 신기루

한때 나는 사막 전문가였다. 사막에 대한 화보와 책을 구해 읽기도 했지만 여러 종류의 사막을 가보았다. 찾아다녔다. 물론 전 세계에 흩어져 있는 백여 곳이 넘는 명명된 사막 중, 겨우 10여 개 지역의 사막을 찾아가보았을 뿐이다. 내 주변에 있는 사람들보다 조금 더 많이 다닌 정도다. 그러니 전문가라고 말할 수 없다. 그러나 우리는 모든 곳을 다 가보고서야 안다고 말하지는 않는다. 나는 사막들과 매우 친근한 관계를 유지하고 있고 그것으로 충분하다.

사막의 정의는 매우 심플하다. 사막은 물이 부족한 곳이다. 그래도 그곳에 이따금 오아시스라 불리는 물웅덩이가 있다. 식물이 살 수 없을 정도로 강수량이 적은 곳이지만 식물이 아주 없는 것은 아니다. 그곳에서만 살아남는 기이한 식물들이 돌무지 사이에서 줄기를 뻗는다. 어떤 사막에는 사람이 살고, 한중간에 멋진 호텔이 있는 곳도 있다. 사막은 고요하고 아무 일도 일어나지 않는다고 생각하기 쉬운데 그곳에도 매우 드라마틱한 삶이 있으며 다양한 소리가 기이한 음악적 효과를 내기도 한다. 모래는 환경에 민감하게 반응하기에 실제로 살아 꿈틀대듯 움직이는데, 이로 인해 사막은 놀랍게도 시시각각 모양을 바꾼다. 사막은 인간의 지혜가 실험되는 곳이기도 하다. 사람들은 사막을 지나간다. 그곳에 머물기는 어렵다.

그러나 대체로 사막은 아름답고 순수하다. 그것이 모래사막이건 돌사막이건 바위 사막이건, 모두 다 나름의 개별적 아름다움과 버려진 지역에서 영글어 깊어진 순수가 있다. 그러나 그 안에 갇히는 것은 위험하다. 사막의 정의는 결여이기에 그곳에는 신기루가 있다. 사막과 신기루, 이 두 단어는 내게 자주 세상과 글쓰기의 은유였다.

전쟁의 소식들

왕국이 위험에 처했다. 오래전부터 그러했다. 그런 소문은 늘 가까이 있어왔다. 오래전부터 어쩌고저쩌고, 많은 사람이 그 원인을 탐색했지만 사실은 원인을 찾기 싫어했다. 그들이 위험의 주동자이기 때문에. 게다가 진실은 재미없고 이벤트를 만들지 못하기 때문에. 그래서 결국 진단되지 않은 채, 전쟁은 일어난다. 사람들이 전쟁의 원인을 탐색했지만 탐색은 원인을 찾기 위해서 이루어지지는 않는다. 탐색이 사건이 되기 때문에 탐색은 지속된다. 탐색을 하다 보니 진짜 원인의 언저리에 가는데, 그러면 전쟁이 일어나지 않을까 봐 끝까지 가지 않는다. 이것이 전쟁의 기술이다. 모든 전쟁은 왕국과 왕국을 먹으려는 가짜 왕국과의 대결이다. 이런 드라마틱한 이유로 전쟁은 지속된다. 전쟁은 리얼한 것을 코스튬플레이하고 한 번 전쟁이 일어날 때마다 왕국의 한 귀퉁이가 무너져 내린다. 진선미眞善美가 적이 된다. 반진反眞, 반선反善, 반미反美가 진선미가 된다. 다 괜찮다. 결국 지나갈 것이기 때문이다. 새로울 것 없이, 바다의 파도처럼 몰려갔다 몰려오는 것이다. 아직 인공지능까지밖에 와 있지 않은 생명의 주도권 싸움은 근대의 새벽부터 부지런히 시작되지 않았던가? 아니, 그보다 훨씬 전부터였겠지.

진짜 웃음으로, 깊은 슬픔으로 고난당하는 글이 왕국을 지탱하게 한다. 보이지 않는 것들이 일하고 있다. 지금은 큰 창문이 별 쓸모가 없다. 창문이 작아서 보지 못한 적은 없다. 안으로, 저 너머로, 깊이로 가는 갱도, 유비쿼터스의 영적 실존. 14세기, 흑사병과 전쟁과 타락의 가장 어두운 시대에 세상으로 나 있는 아주 작은 창문 앞에서 단 한 권의 책을 남긴 노리치의 줄리안을 이제야 이해할 만하다. 다 괜찮다. 글의 시련인 더 지독한 시대가 지나갔고 앞으로 또 다가올 것이다. 그것이 다 글이 먹고 강해지는 풍요한 양식이다. 글은 사실 점점 더 절대를 원한다. 멈추는 것이 아니라 무장해제시키는 것. 수리하는 것이 아니라 다시 만드는 것. 조각이 아니라 전체. 그래서 앓고 있다고 생각하면 위로가 된다. 살아남을 것들은 화재가 덮쳐도 살아남는다. 믿거나 말거나.

스트레인저후드 strangerhood

이것은 겨울비를 피하기 위한 특수 재질의 후드 이름이
아니다. 이방인성. 우리 주변의 무수한 이방인. 무수히 분절되
는 스트레인저후드. 이방 국가, 이방 민족 같은 거대 단위가 더
이상 아닌, 웬만해서는 모습을 드러내지 않는 신종 이웃들. 이
런 이방인들이 조용히 우리의 삶에 동요를 만든다. 익숙한 얼
굴로 고요히 있다가, 아니면 삶의 왜곡된 지점을 개성으로 포
장하고 있다가 어느 날 일상의 지반을 흔든다. 무수히 차별화
되는 개인성의 또 다른 이름, 스트레인저후드. 사방에 있다. 이
들에게 말을 걸기 위해 동원해야 하는 언어 밖의 언어들, 외침
과 욕설과 때로는 침묵. 이들을 먼저 말로 환대하고 언어로 공
감하는 일.

시장

그리고 우리의 구차하지만 엄연한 매일매일의 시장이 있
다. 시장 또한 세상 어디에나 있다. 그 모양도 비슷하다. 위로가
된다. 시장에서는 구체적이고 솔직하고 정확한 것들이 오간다.
그건 물건들의 세계이기에 순수하기까지 하다. 흥정을 하고 말
을 걸기 위해 야채 한 묶음과 반찬거리를 사기도 한다. 과장과
소소한 속임수도 있지만 과객을 겸손하게 만들기도 하는 사랑
스러운 장소. 거울을 들여다보고 안색을 살피듯이 꼼꼼하게 마
음을 벼리고 시장통을 가로지른다. 글의 추상성, 무익성, 혹은
초월성의 수위를 되비쳐 보기 위해서 잠시 통로에 멈추어 선

다. 요즈음 너의 체온은 어떠한가. 그곳에서 시장과 자주 적대 지점에 놓일 수도 있는, 글의 또 다른 구체성과 솔직함과 정확성이 저 깊은 곳에서 돋아나는지 보기 위해 수다를 멈추고 직관적 감각으로 체온을 잰다. 시장의 생리를 잘 파악하고, 시장과 겨루기 위해서 시장에 갈 필요는 없다. 사실 꼭 몸을 움직여 시장을 찾을 필요는 없다. 그래도 몸을 움직인다.

튀르키예 괴레메 지역의 응회암 광야. 본질로 응축된 풍경 속으로 녹아들어가 잠시 길을 잃다.

모하비사막의 오프로드 투어는 별 보기 노숙 후 땅이
달아오르기 전, 사이 시간이 최적이다. 조슈아 트리는 옆에
새끼 줄기가 돋아나면 모뮰 줄기는 아직 여린 것에 물과
양분을 다 내주고 비장하게 말라죽는단다.

늦가을에 어느 로드 트립의 끝은 뉴멕시코주의 화이트 샌즈.
녹지 않는 눈, 눈보다 더 흰 눈. 손을 넣어보면 젖어 있는
사막 아닌 모래 평원.

그곳이 어디이건 사막은 황혼 속에서 최상의 신비를 드러낸다.

사계절의 만란한 풍경처럼

지우심으로
지우심으로
그 얼굴 아로새겨 놓으실 줄이야……

흩으심으로
꽃잎처럼 우릴 흩으심으로
열매 맺게 하실 줄이야……

비우심으로
비우심으로
비인 도가니 나의 마음을 울리실 줄이야……

사라져
오오,
영원永遠을 세우실 줄이야……

어둠 속에

어둠 속에

보석寶石들의 광채光彩를 길이 담아 두시는

밤과 같은 당신은, 오오, 누구이오니까!

─「이별離別에게」 전문

우리에게 「가을의 기도」로 잘 알려진 다형茶兄 김현승 (1913~1975)의 시집 『옹호자의 노래』(선명문화사, 1963)에 수록된 시이다. 행과 연을 원래대로 나누어 천천히 읽다 보면 짧고 간결한 시 속에 시인이 어떤 깊이로 그의 삶에서 경험한 예수그리스도를 시어로 응축해내고 있는지를 이해하게 된다.

김현승 시인은 흔히 가을의 시인으로 불린다. 그러나 시인이 태어난 달도 또 소천한 달도 4월이기에, 시인의 잊혀가는 몇몇 신앙 시편을 부활절의 달에 불러내본다.

당신의 핏자욱에선

꽃이 피어 사랑의 꽃 피어,

따 끝에서 따 끝까지

사랑의 열매들이 아름답게 열렸읍니다.

당신의 못자욱은

우리를 더욱 당신에게 못박을 뿐

더욱 얽매이게 할 뿐입니다.

당신은 지금 무덤 밖

온 천하에 계십니다. 충만하십니다!

—「부활절復活節에」부분

　사람들은 시인을 시의 주제에 따라 명명하기를 좋아해, 김
현승을 지성의 시인, 고독의 시인, 기독교 시인 등으로 부르지
만 기독교는 김현승 시의 한 범주라기보다는 모든 시적 영감
과 실천을 관통하는 토양이자 원천이라고 할 수 있다. 신앙은
촉촉하면서도 견고한 그의 모든 시 열매에 수액을 제공했다.
시인 자신도 여러 에세이와 문학론에서 그의 시가 기독교 정
신 및 생활과 밀접한 관계가 있음을 수시로 밝힌 바 있다. 자신
의 시에 영향을 준 '시인'으로 그는 예수그리스도를 꼽는다!

　(사복음서의) 예수의 말은 모두가 구체적이며 시적이
다. 그의 행동도 그렇다. 그의 온 생활 자체가 시다. [……]
그렇게 고결하고 인정 많고 고독하고 부드러우면서도 강
할 수가 있을까.

—「시였던 예수의 언행」에서
(『김현승 전집 산문 2』, 시인사, 1985)

　자연 시인이라는 명명에 걸맞게 김현승은 가을뿐 아니라
사계절의 만란한 풍경을 시에 담았다. 그의 시에는 눈물이 많

다. 감사와 회개와 척박한 시대와 그리움의 눈물들. 그렇지만 그의 눈물은 그의 시에 등장하는 자연이 그런 것처럼 대상화되어 있지 않고 낭만적이거나 감상적인 몰입에서는 멀리 있다. 김현승의 시에서만 관찰되는 지성과 감성의 균형, 이곳의 세상과 저 먼 하늘을 동시에 바라보는 균형, 뛰어난 감각과 깊은 사유의 균형은 한국 시사에 드문 고결한 신앙시를 낳게 했다. 그러나 김현승 시인의 고유성은 자신을 비운 사람만이 다가갈 수 있는, 자연을 지으신 분의 면모를 독자가 만나게 한다는 데 있다.

더러는
옥토沃土에 떨어지는 작은 생명生命이고저……

흠도 티도,
금가지 않은 나의 전체全體는 오직 이뿐!

[……]

나의 가장 나중 지니인 것도 오직 이뿐!

아름다운 나무의 꽃이 시듦을 보시고
열매를 맺게 하신 당신은,

나의 웃음을 만드신 후에

새로이 나의 눈물을 지어 주시다.

—「눈물」부분

아들을 잃고 쓴, 상실의 고통을 이겨내는 이 시를 관통하는 것은 창조주 앞에 깊은 눈물의 기도를 쏟아내지 않고는 나올 수 없는 것이다. 모든 피조 세계의 주인인 절대자의 섭리를 받아들인 사람만이 쓸 수 있는 것이다. 자기 비움의 시선, 시인이 경험한 '당신'('그분' '주')을 추구하고 현상의 소멸 이면에서 견고한 것을 보는 시심이 그의 시편들을 형성한다. 혹은 자연의 신비를 보기 위해, 시인이 사숙한 시의 스승인 예수그리스도를 좇아 자신을 비울 때만이 생성되는 시심을 그린다.

내가 가난할 때……

저 별들의 더욱 맑음을 보올 때.

내가 가난할 때……

당신의 얼굴을 다시금 대할 때.

내가 가난할 때……

내가 육신肉身일 때.

[……]

당신은 오늘 내 집에 오시어,

금은金銀 기명과 내 평생의 값진 도구道具들을

짐짓 문門 밖에 내어 놓으시다!

—「내가 가난할 때」부분

절대자 앞에서 온전히 가난해짐, 내려놓음, 비움에 대한 흠모가 있기에 김현승의 시어는 견고하며 한 인간이 겪을 수 있는 신앙의 갈피를 두루 탐사하되 다시 제자리로 돌아온다. 감상에 젖은 자의 흔들림이 없다.

목사의 아들로 태어나 일제와 해방 후의 불같은 역사의 부침 속에 절필을 할 수밖에 없었을지언정 그의 시는 흔들리지 않았다. 그는 험한 시간을 살아내야 했던 역사 속의 시인이기도 했다. 한편 일상의 구차한 정경들을 끌어안은 여느 필부의 여기, 지금의 삶을 고즈넉하게 그려내기도 했다. 일상에 드리우는 그의 시간관조차도 눈앞의 한시적이며 극적인 시간에 경솔하게 반응하지 않는다. 그가 바라보는 시간은 늘 명일(내일)이다. 영원의 시간이자 생명의 시간이다.

나의 잔盞에는

천년千年의 어제보다 명일明日의 하루를

넘치게 하라.

[······]

내일來日,
오랜 역사歷史보다도
내일來日만이 진정 우리가 피고 가는
풍성한 흙이 아니냐?
　　　　　　　　　　　　──「내일來日」부분

김현승의 시에 자주 등장하는 이 명일은 무엇일까. 이것은
그의 시에서 새로운 빛의 시간, 생명의 시간, 예수그리스도의
시간으로 나타난다.

육체肉體는 낡아지나 마음으로 새로웁고
시간時間은 흘러가도 목적目的으로 새로와지나이다!
목숨의 바다──당신의 넓은 품에 닿아 안기우기까지
오는 해도 줄기줄기 흐르게 하소서.
　　　　　　　　　　　　──「신년기원新年祈願」부분

김현승 시의 고즈넉함, 고독, 눈물, 가난해진 마음, 마른 가
지 같은 정결함······ 이런 이미지들을 따라가다 보면 시인이
독자의 세상으로 어떤 시적 자아를 파송했는지 그 모습이 오
롯이 심상에 떠오른다. 그것은 절대자 앞에 무릎 꿇고 있는 한
겸허한 기도자의 모습이다. 그래서 그의 시에는 최고의 존재

앞에 모든 것을 내려놓는 사람의 솔직함과 벌거벗음이 있다.

그리고 그 과정에서 시인은 소멸과 영원 사이에 놓인 피조된 자의 절대적 고독에 대한 일련의 시를 발표한다. 시인은 그 고독을 깊이 들여다보고 탐구하며, 그 주제를 다룬 여러 시편을 두 권의 시집『견고한 고독』(관동출판사, 1968)과『절대고독』(성문각, 1970)에 담았다. 초기 시부터 조금씩 모습을 드러내던 주제, 고독이라는 주제에 침잠하던 시기에 시인이 어떤 실존의 광야를 횡단하고 있었는지, 그의 '어둔 밤'은 어떠했는지, 그가 만진 "영원의 먼 끝"(「절대絶對고독」)은 어디인지 후대의 독자로서 그에 대해 단선적으로 말할 수는 없다. 그의 시 전체를 살펴보아야 하리라. 바로 그때 시인은「절대신앙」같은 숨을 멈추게 하는 시들을 쓴다.

> 당신의 불꽃 속으로
> 나의 눈송이가
> 뛰어 듭니다.
>
> 당신의 불꽃은
> 나의 눈송이를
> 자취도 없이 품어 줍니다.
>
> ──「절대신앙絶對信仰」 전문

시인은 고독이라는 주제를 깊이 탐색할 시간도 없이, 재직하던 숭전대학교 채플의 기도 시간에 쓰러졌고 그날 소천했다. 그의 지상에서의 삶은 길지 않았다. 기독교가 한국에 들어온 지 기껏해야 1세기 정도 되었던 1934년에 등단해 예수그리스도를 사숙한 시인의 신앙적 삶의 여정은 그가 사랑한 시인을 닮아, 견고하고 신비로운 인격을 보여주는 시가 되었다.

사라지는 날

'눈에서 멀어지면 마음에서도 멀어진다'는 옛 명언이 요즈음 시대에는 전혀 다른 의미를 지니며 내게 다가온다. 규칙적으로 진행되던 지인들과의 친교 모임은 어느새 흐지부지되었고 공적인 모임은 유연한 대화가 불가능한 화상 통화로 바뀌었다. 몇 년 전부터 가려고, 하필이면 이때에 맞추어 계획을 세운 사하라사막 투어도 무산되었다. 확실히 외출이 적어지고 만남의 기회가 줄어드니 생활이 단출해졌다.

아주 오랜만에 나는, 마치 처음인 것처럼 하루의 모든 시간을 온통 나만을 위해 사용하는 사치스러운 날을 일주일에 두세 번이나 가지게 되었다. 의자를 뒤로 젖히고 길게 누워 읽고 싶은 책을 여러 권 늘어놓고, 이따금 메모도 하면서, 내 맘의 변덕에 따라 이 책 저 책을 펴놓고 또 다른 책을 집어 드는 이런 남독의 사치를 누린다. 아마도 이런 시간이 다시는 오지 않을 것 같아, 내가 사라지는 날에는 휴대전화를 서랍이나 옷장 속에 무음으로 설정해서 넣어둔다.

사실을 말하자면 이렇게 '사라지는 날'의 독서량은 화려하지 않다. 멍하니 턱을 괴고 멀리 살아 자주 보지 못하는 식구들이나 사방에 흩어져 사는 내 인생의 친지들에 대해 정말 오랜만에 시간을 할애하기도 한다. 한 단어, 한 감각이 그들을 떠올리게 한다. 보고 싶은 것이다. 건성으로 듣고 괄호 안에 넣어두었던 그들 삶의 사건들을 떠올린다. 대체 나는 그들과 있으면서 어디 있었던 거지? 기억은 점점 세밀해진다. 같이 웃고 위로해주고 야단도 치고 격려도 해주었어야 했는데…… 사라지는 날에 나는 이렇게, 뒤늦게, 내가 놓친 시간과 나를 잘 참아준 사람들 안으로 사라진다.

들려오는 속삭임

엔도 슈사쿠(1923~1996)는 일본의 대표적인 기독교 작가다. 그의 장편소설 『침묵』(공문혜 옮김, 홍성사, 2003, 이하 이 책의 인용은 본문에서 쪽수만 밝힌다)은 그를 세계적인 작가로 만들었으며, 명실공히 작가의 대표작으로 꼽을 만하다. 『내가 버린 여자』(이평춘 옮김, 어문학사, 2007) 『바다와 독약』(박유미 옮김, 창비, 2014) 『사무라이』(송태욱 옮김, 뮤진트리, 2021) 같은 좋은 작품들이 우리나라에도 번역 소개되었지만 역시 이 작가는 『침묵』과 떼어서 생각하기 어렵다. 그의 사후 20주기였던 2016년에 미국의 저명한 감독 마틴 스코세이지가 "사일런스 Silence"라는 제목으로 영화화함으로써 작가 사후에 언급이 다소 뜸했던 이 작품이 재조명받기도 했다.

이 작품은 기독교인이라면 피할 수 없는 주제, 떠올리면 각자의 개인적인 경험에 따라 만감이 교차하는, 쉽지 않으면서도 무수한 상상을 자극하는 '순교'에 대한 소설이다. 아니, '배교'에 대한 소설이라고 해야 할까? 왜냐하면 이 작품의 표면구

조가 몇몇 배교자의 생애에 초점을 맞추어 진행되고 있기 때문이다.

순교의 문제를 기독교인들은 어떻게 받아들이고 있을까. 각 나라의 상황과 시대, 또한 각자 신앙의 분량에 따라 이 단어의 울림은 천차만별할 것이다.

역사적으로 기독교에 대한 박해가 멈춘 적이 없었으므로, 순교는 기독교 역사와 괘를 같이할 수밖에 없다. 이에 대한 역사적 저술과 선교 자료, 간증집 등 많은 양의 글이 씌어졌으며 우리 시대에도 예외는 아니다. 그럼에도 불구하고 교회사를 수놓은, 지금도 수놓고 있는 순교의 사례를 절대적인 수치로 생각한다면 결코 많다고 말할 수는 없다. 더욱이 순교의 서사는 대부분 전기의 형태로 독자를 만나고자 한다. 그러나 전기는 정형화된 구조라는 장르적 특성을 가지고 있다. 구체적이며 내밀하고도 격동적인 한 인간의 내적인 드라마를 경험하기는 어렵다. 순교자들은 하나님이 특별한 목적으로 '선택한 자'이기에 그들 삶의 외적인 사건들이 영웅 서사를 닮는 것을 독자들은 이해하며 또 기대한다.

엔도 슈사쿠의『침묵』에 독자의 시선이 머무르는 것은 그의 소설이 실패한 순교자, 즉 배교자라는 반영웅적 이야기를 제공하기 때문만은 아니다. 그보다는 일본의 기독교 탄압이 절정을 향했던 에도시대를 배경으로 배교에 이르게 된 한 젊은 예수회 신부의 내면이 적나라하면서도 세밀하게 독자에게 전해지기 때문이다.

작품의 줄거리는 매우 단순하며, 단순하기에 가혹하다. 17세기 일본 나가사키현의 기리시탄(크리스천) 박해 시대에 일본에 파송된 덕망 있는 포르투갈 출신의 예수회 소속 선교사 크리스트반 페레이라의 배교 소식이 로마에 전해진다. 박해의 절정에서 믿음을 지키려는 성도들을 돌보는 데 온 힘을 바친 성직자였던 페레이라는 실존 인물이며,『침묵』은 그와 당시의 역사적 정황을 소설적으로 각색해 그려낸 작품이다. 페레이라의 배교 소문을 전해 들은 세 명의 젊은 성직자는 위험을 무릅쓰고 일본열도에 침투해 들어가기에 이른다. 그들은 과거에 페레이라에게서 배우기도 했으며 그를 존경했기에 당시의 열악한 해상 여행을 감행해 마카오에 이른다. 그중 한명은 풍토병에 걸려 사망하고, 두 명은 연약한 교인을 상징하는 일본인 기치지로의 도움으로 일본에 도착한다. 사실 작품의 주인공은 페레이라의 배교가 사실이 아님을 밝히려는 젊은 신부 세바스티앙 로드리고라 할 수 있다. 에도의 대순교(1623)와 운젠의 기독교인 고문(1631)에 대한 보고서를 쓴 페레이라 신부처럼, 작품의 진짜 주인공이라 할 수 있는 젊은 신부 로드리고는 도착하자마자 일본의 기독교 탄압과 고문에 대한 보고의 편지를 쓴다. 이 보고서가 작품의 전반부를 구성한다. 로드리고는 바로 페레이라가 그랬듯이 일본의 남아 있는 기리시탄들을 신앙적으로 돌보지만, 박해자의 고문 앞에서 성화가 그려진 후미에(성화판)를 밟음으로써 남은 생애를 일본에서 배교자로서 살아가는 것까지 페레이라의 전철을 밟는다.

작품은 일본의 선교 실태와 박해에 대한 보고서 형식의 편지로 이루어진 전반부와, 이후 일본의 기리시탄 박해의 현장을 살아가는 젊은 사제의 내면을 그린 후반부로 나뉜다. 많은 사람을 배교로 몰았던 후미에에 대해 엔도 슈사쿠는 이렇게 썼다.

"'후미에'란 '밟는 그림'이라는 뜻으로서, 기독교 신자를 배교시키기 위해서나 그러한 배교를 확인하기 위해서 사용되었다. 후미에를 밟으면 기독교 신앙을 버린 것으로 간주되어서 풀려났다."(『침묵의 소리』, 김승철 옮김, 도서출판 동연, 2016, p. 25) "그 위에 남겨진 발가락 자국은 남의 일이 아니었다. 그것이 나로 하여금 소설을 쓰게 했다."(같은 책, p. 26).

이 소설은 나가자키, 운젠 등지에서 폭넓게 일어난 순교와 고문, 박해를 생생하게 묘사해 간접적으로 경험하게 한다. 그러나 이 글은 증언의 글이 아니다. 그렇게만 읽는다면, 박해와 순교에 대한 영상적 혹독함만이 강조된 영화 「사일런스」처럼 충격에 그칠 뿐, 감동과 영적인 깨달음을 주지 못할 것이다. 작품은 시종일관 한 사제의 신앙의 내면적 드라마를 시적인 문체와 묘사를 동원해 서술하기에 격렬하다.

엔도 슈사쿠는 『침묵』의 한 번역본의 서문에서 이 소설을 "약자에 대한 신의 자비를 청하면서…… 상처 입은 자를 위로하고 격려하며 배반자를 용서하는 자비로운 어머니 같은 신"(『침묵』, 김윤성 옮김, 바오로의 딸, 2012, p. 6)을 탐구한 작품이라고 밝혔다. 오물통 안에 거꾸로 매달리는 극도의 고문 앞에서 무너진 페레이라도 로드리고도 약한 자들에 불과하다. 여러 번에 걸쳐 배교를 거듭하고 고해성사를 요청하고는 또다시 배교자로 등장하는 일본인 기치지로를 작품의 처음부터 끝까지 로드리고 옆에 등장시키면서 작가는 이 두 인물 사이에 근본적인 차이가 있는가, 질문하는 듯하다.

다른 한편으로 이 작품은 박해라는 참혹한 광야를 예수그리스도와 동행하는 한 성직자의 이야기로 읽을 때 작가의 진정한 전언을 이해할 수 있다. 자신이 돌보는 일본인 신자들이 하나하나 고문을 당하고 배교를 강요받으면서도 신앙을 지키고 신음하며 죽어갈 때, 마지막 남은 동료마저 순교의 현장으로 뛰어들 때, 로드리고는 밤새워 기도하며 주의 자비를 구한다. 그러나 육체적 고통보다 더 강한 신앙의 고통 한중간에서 부르짖는 그에게 하늘의 목소리는 들려오지 않는다.

이 작품의 클라이맥스는 페레이라의 권유를 받으며 노회한 취조자의 책략 앞에 마침내 무릎을 꿇은 로드리고가 배교를 결정하고 번민하며 후미에를 밟으려고 발을 든 그 순간, 마음속 예수그리스도의 속삭임을 듣는 부분이다.

"밟아도 좋다. 네 발의 아픔을 내가 제일 잘 알고 있다. 밟아도 좋다. 나는 너희에게 밟히기 위해 이 세상에 태어났고, 너희의 아픔을 나누기 위해 십자가를 짊어진 것이다."(p. 267)

바로 이 순간 로드리고는 지금까지와는 전혀 다른 형태로 그리스도의 사랑을 깨닫는다. "내가 그 사랑을 알기 위해서 오늘까지의 모든 시련이 필요했던 것이다"(pp. 294~95)라는 고백으로 로드리고는 그리스도와의 긴 침묵의 동행을 끝맺는다.

일본 관리의 요구에 부응하며, 일본의 전통에 따라 죽은 일본인의 이름과 가정을 물려받고, 때로는 반기독교적인 책을 집필하는 페레이라와 유사한 삶을 영위하는 로드리고. 그 또한 일본인 이름을 가지고 가정을 이루고 노예처럼 살아간다. 로드리고의 삶은 이처럼 아무런 희망이 없이, 본국으로 돌아가지도 못하고 모두에게서 잊힌 채 죽어갈 것으로 보인다. 그러나 소설의 우리말 번역본에는 없는, 원본 말미에 부록처럼 덧붙여진 「기리시탄 주거지 관리인의 일기」(『침묵의 소리』에 번역 수록)는 흥미로운 사실을 독자가 읽어내도록 요청한다. 배교한 기독교인들을 감시하기 위해 한곳에 모아놓은 이 주거지의 건조한 관리 일지는 로드리고로 추정되는 사람을 비롯한 여러 거주인에 의해 그 안에서도 비밀스럽게 포교가 지속되고 있었음을 알려주고 있기 때문이다. 기독교의 싹을 다 잘랐다고, 일본에는 더 이상 교인이 한 명도 없다고 공언하는 그 순간에, 연약한 자들을 통해, 복음은 그 거주지의 어두운 그늘에서도 자라고 있었음을 저자는 이 기묘한 자료로 대신 말하고 있다. 기독교의 복음이 퍼져가는 노정은 인간의 시간과 눈으로는 보이지 않는 신비의 여정인 것을 말하고 싶었으리라.

어떤 눈빛

언제부터인가 내 차의 글로브 박스 안에는 늘 강아지용 캔 사료가 한두 개 정도 들어 있다. 개는 사람과 달리 나이를 먹어도, 짧은 생을 마감할 때까지 아기처럼 주인의 손길이 필요하기 때문에 개보다는 강아지라 부르는 것이 적합한 듯하다. 사실 나처럼 자주 여기저기 다니는 사람이 견주가 되기에는 어려움이 있다. 하지만 강아지를 좋아하되 키울 수 없는 나의 딱한 처지 때문에 캔 사료를 차에 넣고 다니는 것은 아니다.

사진작가라는 호칭을 극구 피하며 '사진 찍는 일을 부업으로 하는 사람'이라고 불리기를 좋아하는 화가 친구와 시골로 여행을 떠났다. 쓸 만한 프로필 사진들을 모아놓은 자료를 분실한 후로 내가 사진 궁핍을 겪고 있는 것을 알고 있기에, 그녀가 제안한 여행이다. 사진은 시골 여행을 의미 있게 하기 위한 좋은 핑계였다. 도시에서 찍는 사진에는 나의 자연스러운 눈빛이 살아나지 않는다고 그녀는 주장했다. 이게 무슨 말인가. 나의 질문에 그녀는 대답 대신 자신의 삶에서 만난 사람들의 예사롭지 않은 눈빛에 대해 이야기보따리를 풀었고, 나는 습관적으로 시골길의 둔덕을 시선으로 훑으며, 내가 만난 다른 눈빛 하나를 떠올렸다.

몇 년 전, 훌쩍 떠난 여행에서 만난 숙소는 마을에서 멀리 떨어진 숲속에 지어진 게스트 하우스였다. 인적 드문 그곳의 산길을 드라이브하던 중에 나는 사슴처럼 날씬한 몸매에 단정하게 털을 깎은, 목줄이 눈에 띄던 작은 강아지 한 마리를 보았다. 강아지는 도로변 숲길에 앉아 지나가는 차를 눈으로 따라가고 있었다. 처음에 나는 그것이 이상하다는 생각도 하지 않고 지나쳤다. 시골이라고 꼭 바둑이나 누렁이만 있으란 법은 없었다.

이튿날, 마을이 속한 면에서 장이 서니 구경 가보라는 숙소 주인의 말에 다시 그 길을 지나는데 그 강아지가 또 눈에 띄었다. 전날 만난 장소에서 멀지 않은, 약간 높은 둔덕에 앉아 있었다. 그쪽으로 내 차가 천천히 다가가자 강아지는 피하기는커녕, 만감이 교차하는 간절한 시선으로 나를 바라보았다. 아들이 어릴 때, 키우던 강아지 눈을 들여다보며 혼자 묻고 답하던 것이 생각났다. "엄마, 강아지 눈은 왜 이렇게 착해? 나쁜 일을 하지 않아 그런가 봐." 그러나 사슴 같은 격이 몸매에서 풍기는 그 강아지는 이내 내게서 시선을 돌리더니 고개를 떨구고는 반대 방향의 숲속으로 사라졌다. 그때서야 나는 그가 외딴 산길에 버려진 유기견일지도 모르겠다는 데 생각이 미쳤다.

장이 선 면 소재지의 마트에서 강아지용 캔 사료를 구할 수 있었다. 시골 장 구경을 뒤로하고, 나는 버림받은 뒤 주인이 찾으러 오기만을 애타게 기다리고 있는 그 강아지가 앉아 있던 산길로 서둘러 돌아왔다. 차를 길가에 대고 숲길로 들어서서 주변을 살펴보았지만 그의 모습은 보이지 않았다. 목줄에 이름이 씌어져 있었을까? 소리 내어 "사슴아, 사슴아!" 불렀지만 숲은 이상하리만치 고요했다. 어쩔 수 없이 캔 사료의 뚜껑을 열어 그가 앉아 있던 자리에 놓아두었다. 만난 그때 사료를 주며 친해졌어야 했는데…… 다음 날도 주변을 넓게 돌아보았지만 사료는 그대로였고, 그 지방에 머무르는 동안 강아지를 다시 만나지 못했다.

카메라를 든 친구가 찾는 나의 자연스러운 눈빛이란 어떤 것일까. 나쁜 일을 하지 않아 착해진 눈빛일까. 풀숲과 창공의 순수를 흡수해 맑아진 눈빛일까. 영원 같은 미지의 것을 갈망해 아스라해진 눈빛일까.

빈방의 주인은 누구인가

문학의 정글에는 사랑에 대한 작품이 주된 수종樹種을 이룬다. 그것이 정글인 이유는 대부분의 현대문학 속에는 삶이 파괴되는 사랑, 인물들을 죽음으로 내모는 파행적인 사랑을 다룬 작품들이 큰 군락지를 형성하고 있기 때문이다. 사랑은 왜 그토록 시대와 나라를 불문하고 문학을 사로잡는가. 그 경험의 예외성 때문이다. 사랑은 존재와 존재가 만나는 매우 이례적인 순간, 타자와 자아의 차이가 예외적으로 소멸되는 경이로운 순간이기 때문이다. 그러나 그러한 기적 같은 순간은 소설에서도 삶에서도 드물게 존재할 뿐이다. 바로 이 희박한 예외성에 문학이, 독자들이 이끌리는 것이다.

이 오아시스적 사랑은 그래서 사막에 둘러싸여 있다. 오아시스인 줄 알고 뛰어든 사랑은 자주 사막이 된다. 인간의 인간에 대한 사랑에는 한계가 있기 때문이다. 그래서 안타깝게도 사랑은 자주 소멸적인 사건이 된다.

현대적 사랑의 사막에 놓인 인간의 고독에 대해 프랑스

의 작가 프랑수아 모리아크만큼 미세하고도 적나라하게 얘기
할 줄 아는 작가도 드물다. 작가에게 아카데미 프랑세즈 대상
을 안겨준 소설 『사랑의 사막』(최율리 옮김, 펭귄클래식코리아,
2015)에도 대서양에 맞닿은 황량한 랑드 지방의 거친 바람과
비가 이따금 휘몰아친다. 작가의 고향이기도 한 프랑스 남서부
의 도시 보르도를 배경으로 하는 이 소설에는, 자기 정체성을
찾지 못한 애정 결핍의 고등학생 레이몽, 존경받는 학자이자
의사로 중년의 위기를 겪는 레이몽의 아버지, 그리고 그들 부
자가 서로 다른 계기와 이유로 사랑의 대상으로 선택한 마리
아 크로스라는 여인이 등장한다. 작품은 깔깔한 모래처럼 도저
히 만나지지 않는 가족 관계를 그려낸다. 하지만 아무래도 이
작품의 주인공은 지성과 미모를 겸비했지만 부자의 부양을 받
고 살기에 세상의 지탄을 받는 추문의 여주인공 마리아 크로
스다. 어린 아들을 잃은 뒤 가끔 주치의와 부양자의 방문을 받
을 뿐 낡고 버려진 도시 외곽의 빈집에서 홀로 살고 있는, 커튼
뒤의 방 안의 여인. 성스러움과 도덕적 무관심, 정체성에 대한
정열적인 추구와 자기 포기, 육체적 욕망과 영혼에 대한 목마
름이라는 이중의 갈등이 이 인물을 신비롭게 감싸고 있다. 작
가의 여러 작품에 그 잔상을 남기는 마리아 크로스는 세속적
사랑과 초월적 절대에 목마른 고독한 현대인의 초상을 대표하
고 있다고 보아도 무방하다.

　　사실 작품 속의 어느 인물 하나 사랑스럽다고 말할 수 없
다. 오히려 만나면 피하고 싶은 인물들이지만, 그럼에도 독자

들은 그 안으로 자신도 모르게 한 걸음씩 더 깊이 빨려 들어간다. 작가가 인물들에게 던지는 독특한 시선 때문이다. 이것이 바로 모리아크 작품의 힘이고 매력이다. 심리주의 작가라는 수식이 따르지만 사실 그는 매우 영적인 작가에 속한다. 그가 인물들을 바라보는 지점, 인물들을 파악하는 깊이에는 다른 어느 작가에게서도 발견할 수 없는 영적인 민감함이 있다. 어느 작가가 모리아크만큼 자신의 인물들을 사랑할까. 그들 자신이 놓여 있는 영혼의 처소가 얼마나 황량한지 모르기 때문에 세상에서 가장 슬픈 이 인물들에 대해 "그들이 불쌍한 만큼 나는 그들을 더 사랑한다"(François Mauriac, *Le Romancier et ses personnages*, Buchet/Chastel, 1970, p. 133)라고 작가는 말한 바 있다. 이 연민의 시선이 자신이 원하는 것이 무엇인지 모르고 욕망에 흔들린 이십대의 마리아 크로스를 고독한 황무지에서 빼내어, 자신의 부양인과 마침내 가정을 이루고 과거와 결별한 사십대의 안정된 여인으로 변모시킨다.

마리아 크로스를 혼란스러운 하루살이의 삶에서 벗어나게 한 작품 속의 한 인물이 저 구석에 숨어 있다. 마리아의 의붓아들이 된 베르트랑으로 작품에 잠깐, 단 두 번 등장할 뿐이다. 그것도 한 번은 그의 빈방이 대신한다. 단 세 줄로 묘사된 방의 모습은, 마리아 크로스가 그 방의 주인을 통해, 그때까지 열렬히 추구해온 순결한 삶을 발견했으리라 추정하게 한다. 이 삶을 발견할 때 사막은 끝난다. 그녀는 자신의 이름에 걸맞은 이상에 도달한다. 그에 대해 작가는 구구하게 설명하지 않는다. 반면 '마치 기도를 하기 위해 꾸며놓은 듯한 이 방'에서 '순결한 삶의 흔적을 알아보지 못하는' 레이몽 같은 사람도 있다. 그와 같은 많은 사람이 이 준비된 빈방을 스쳐 지나간다. 작가는 바로 사랑의 사막 끝에 놓인 이 빈방으로 읽는 이를 초대하는 것이다. 그것은 어쩌면, 작가가 자기를 비우고 숭고에 가장 무한히 접근하는 집필의 순간, 집필이 이루어지는 바로 그 방인지도 모른다.

돌아가야 할 때

우리의 인생에는 풍년만 있지 않다는 것을 누구나 알고 있다. 풍년도 흉년도 언젠가는 끝난다. 우주적 시간으로 보면 그저 한순간에 지나지 않는 인간의 역사는 물론이고 그 긴 구간 안의 작은 눈금에 지나지 않는 권력이며 지위, 하물며 인간 사이의 드라마나 미움은 말해 무엇하랴. 다 끝이 있다. 그러나 시간을 넘어 남는 것들, 시간의 변덕스러운 부침에 견디는 것들이 존재하며 그것이 인간의 삶을 지탱하고 있다는 것을 어렴풋이나마 깨달으면 그 사람은 어떤 성숙에 도달했다고 평해도 좋지 않을까 생각해본다. 겸손해지기 때문이다. 이 말을 적고 있는 나 자신은 그런 깨달음에서는 멀리 있으나 무엇이 그러한 것들일까 질문도 던지며 알려고 노력하는 중에 있다.

가끔 사막 여행을 다녀온 얘기를 하면 사람들이 물을 때가 있다. "사막이 왜 좋으세요?"

사막의 무엇이 좋으냐고 물으면 할 말이 적지 않다. 그러나 '왜?'라는 질문에 대답하기는 참 어렵다. 몇 년에 한 번씩 사막이나 하다못해 그 근처에 가지 않고 지내다 보면, 어느새 무언가가 조금씩 심장 저 구석에 쌓이듯 답답해져온다. 짙은 안개나 연기, 혹은 먼지 같은 것. 잘못 연소된 어딘지 혼탁한 것. 사막을 보러 가야 할 때다.

사실 내가 경험한 사막 여행은 여행이라고 할 수도 없다. 대부분 아마추어 여행자인 우리가 할 수 있는 것은 가이드가 아니면 깊이 들어갈 수도 없는, 광대한 건조함이 만들어내는 기이한 풍경을 멀리서 바라보는 것이 전부다. 때로 다소간 친절한 환경의 사막도 만난다. 그렇다 해도 수많은 발자국의 오랜 애무로 만들어진, 사막 언저리로 나 있는 흐릿한 길 안으로 단지 몇 시간 걸어 들어갔다 되돌아오는 것이 고작이다. 그 안에서 살아보는 것, 언젠가 꼭 한번 해보고 싶다.

사막의 순수한 침묵, 사막의 광막함, 사막의 무시간성! 삶을 밀어내는 단호함, 가감이 필요 없는 절대적 아름다움의 선, 면, 체적 들. 그리고 바람. 바람 소리. 사막의 절제와 풍요……나열하다 보면 한 본질이 또 다른 본질을 무화시키는 이율배반에 다다른다. 이 각각의 이유에 대해 아마도 오랫동안 쓸 수 있을 테지만 그것이 동어반복이 될까 저어돼 애초에 시도를 포기한다. 그것은 사막을 조각내는 일이고 사막을 사막 아닌 한정된 표현으로 제한시키는 일이기에. 그래서 이제는 제법 횟수가 늘어난 사막 여행이지만 이렇다 할 사진이 남아 있지 않다. 가장 숨 막히게 아름다운 사진이 사막 사진이라 생각하는 나이지만, 내로라하는 어느 전문 작가의 사막 작품도 온전히 나를 설득한 적이 없다.

이 나열의 끝에 하나를 더 덧붙일 수 있지 않을까. 온 존재의 시원에 대한 갈망을 일으키는 사막의 순수한 비어 있음. 아마도 내가 주기적으로 사막을 호흡하지 않으면 안 되는 이유일 것이다. 내 인생의 한 흉년에 나는 처음으로 사막을 만났다. 그때 매료된 초월적으로 빈 광활함. 그것은 공허가 아니라 '빔'으로 가득 차 있었다. 그것이 내게, 되돌아가야 하는 어떤 원천에서 내가 얼마나 멀어져 있는지를 알려주는 잣대가 되었다.

우리의 삶에는 흙탕물로 흐려진 것들에서 과감히 등을 돌릴 때 보이는, 되돌아가야 하는 어떤 존재의 시원이 있다. 단순한 귀환보다 더 풍요해진 어떤 것, 가끔 사막이 그것을 보여준다. 그것은 어그러진 사랑일 수도, 풀리지 않는 매듭인 가족일 수도, 고갈된 신앙이거나 혹은 인생의 매 단계에 귀환의 발목을 잡는 끈질긴 상처일 수도 있다. 광활히 비어 있는 사막을 호흡해본 사람은 안다. 그 확장된 시공 속에서 삶의 우기가 아무것도 아니라는 것을, 때로 우리 자신이 인생에 닥친 흉년의 주범이라는 것을. 그러나 꼭 사막일 필요는 없다. 누구나 아주 멀어진 시원으로 회귀하는 비밀의 통로를 하나쯤 가지고 있기 때문이다.

3부

빛이 머무는 동안에

파란 손의 마음

올봄부터 이맘때 가을을 기다려왔다. 요새는 날씨 좋은 봄가을은 짧아지고, 덥고 추운 여름과 겨울은 길어져서 가을이 재빨리 지나가버릴 것이 걱정됐다. 솔직히 말하면 오색 단풍으로 화려한 가을보다는 그 직전, 아직 온화한 기운이 살짝 남아있는 여름의 끝자락, 작열하던 더위가 두 손 들고 물러남을 알리는 가을 입자가 밴 바람을 선호한다. 지나치게 푸르던 기운이 쇠하고 나무의 잎들이 아직 가을 옷을 입기 직전의 겸손한 계절이 좋다.

아주 늦은 가을, 어쩌다 자그마한 옥상에 화단을 만들려는 마음을 먹게 됐다. 큰 위로가 필요했던 즈음이었다. 모두가 너무 늦었다고 말리는데 무리를 하면서도 화단 조성을 끝냈다. 화단을 인조 흙으로라도 채우니 마음의 황량함이 벌써 줄어들었다. 내 주변에는 어떤 식물을 맡겨도 잘 키워내 '파란 손'으로 불리는 사람이 여럿 있지만 나는 그들과 정반대되는 사람이기에 전문가의 도움을 받았다. 그늘 많은 옥상 화단에서도 잘 자란다는 꽃나무 이름을 전해 받고 나의 무지에 깜짝 놀랐다. 에메랄드그린(서양측백나무), 황금조팝, 홍매자, 수수 꽃다리, 좀작살나무, 비비추…… 내가 알고 있는 것은 비비추 단 하나였다. 그것도 유행가 가사 덕분에 이름으로만 알고 있 는 식물명.

요즈음은 원산지가 외국인 식물이 많이 수입돼 그러려니 하고 스스로를 위로했다. 산행을 좋아하던 한 친지는, 일행이 난생처음 본 꽃나무라도 속명은 물론 학명까지 대어 주변을 놀라게 하는 재주가 있었다. 그런데 세상보다는 나무와 꽃을 더 좋아해서 그랬는지 일찍 세상을 떠나버렸다. 오랜만에 그를 떠올리며, 나무와의 좀더 구체적인 친교를 다짐해봤다. 먼저 인터넷도 검색해보고 식물도감도 펼쳐봤다.

화단 모퉁이에 바람막이로 나란히 자리 잡은 세 그루의 사 철나무에 속하는 에메랄드그린을 제외하면, 갓 심긴 꽃나무들 은 보잘것없거나 씨가 땅 밑에 심겨 육안으로는 흔적도 찾을 수 없었다. 봄가을에는 아무 데나 씨앗을 흘려도 뿌리를 내린 다는 얘기를 들은 터라 비록 뒤늦게 준비한 화단이지만 낙관 적인 마음이 돼 정성 들여 물을 줬다. 날씨가 추워지자 추위에 밀려 자라기를 그칠까 걱정이 됐다. 기온이 따뜻해지는 시간대 를 골라 물을 주면서 "너희들 잘 자라야 해. 이번 겨울을 꼭 잘 견뎌내자" 같은, 마치 나 자신에게 하듯이 용기를 북돋는 말로 대화도 시도했다. 몇 포기의 꽃, 서너 그루의 나무가 나로 하여 금 일기예보에 각별한 마음으로 귀 기울이게 했고, 거대한 우주의 기상 변화가 내 작은 화단의 식물에 미칠 영향에 대해 진지한 관심을 쏟아부었다. 강풍이 몰아친다는 일기예보가 있을 때는 잠을 설치기도 했다.

난간을 둘러싼 에메랄드그린의 품 안에 황금조팝과 홍매자, 비비추 같은 작은 꽃나무와 씨앗이 안긴 모양 그대로 곧 시들어버릴 것처럼 아슬아슬한 면모를 유지하며 겨울이 느리게 지나갔다. 당장은 보잘것없고 쓸쓸한 이 화단의 식물들이 혹독한 겨울을 견뎌내고 과연 봄에 싹을 틔울지 내심 의심이 들었다. 씨앗들은 그저 흙 속에서 영영 나오지 않을 것 같았다.

강추위가 닥쳤다. 나는 이들의 생사에 내 겨울의 성패가 달린 것처럼 조금만 기온이 내려가도 식구의 안색을 살피듯 밖으로 나가 상태를 살폈다. 특히, 흙 속에 대강 심긴 자리만 어림짐작할 수 있는 비비추에 마음이 쏠렸다. 한 계절을 못 참아, 봄까지 기다리지 않고 고집을 부려 화단을 조성한 나의 이기심과 조바심이 후회도 됐다. 그러나 의미 없는 후회였다. 나는 이 몇 그루 나무의 생존에 마음을 빼앗기며 한편으로는 적지 않은 위로도 받고 있었다.

그해 겨울은, 귀를 막아도 매일 들려오는 세상의 소식 못지않게 호된 강풍과 한파가 그칠 줄 모르고 몰려왔던 예외적인 계절이었다. 바람받이에 심긴 에메랄드그린의 가지들이 누렇게 축 늘어지기 시작했다. 따뜻한 입김도 쐬어주고, 화단 바깥쪽에 바람막이 왕골을 둘러쳐주어도 소용없기는 마찬가지였다. 한파를 넘기면서 누렇게 변한 가지가 초록색을 안간힘으로 지켜낸 가지보다 압도적으로 많아졌다. 추위가 위세를 떨친 1월이 지나 2월이 되니 사철나무의 본질을 포기하고 에메랄드그린은 완연히 기개를 잃었다. 그래도 나는 이미 죽은 듯 축 처진 누런 가지를 들어 올려 안쪽에 여전히 미미하게 남아 있는 푸른 부분에 기대를 가지고 있었다.

그러나 아무리 독한 겨울이라도 계절의 끝이 있다는 것은 이 죽어가는 나무만의 소망일 것인가. 결국 에메랄드그린은 세 그루 모두 가지가 바닥을 향하고 지친 채로 봄을 맞았다. 이 나무들이 온몸으로 강풍과 추위를 막아낸 덕에, 3월이 되니 황금조팝에도 새순이 돋았고 머지않아 기적처럼, 아무것도 없던 흙바닥에서 비비추 싹이 뾰족이 올라왔다. 마침내 꽃들도 나도 겨울을 잘 이겨내고 완연한 봄을 맞았다. 다만 에메랄드그린은 가지를 축 내린 차렷 자세로 셋 모두 모습이 변해버렸다. 소임을 다한 나무답게 바싹 말라 누렇게 변한 잎을 손으로 만지니 산산이 부스러졌다. 비비추가 꽃 피는 계절은 가을이란다. 나는 비비추가 가을에 꽃을 피울 때까지 이 대견한 나무를 그대로 두기로 했다.

마침내 계절이 두 번 바뀌자 비비추가 봉오리를 맺었다. 멋없이 비죽 솟은 줄기에서 보잘것없는 보라색 꽃들이 미안한 듯 달렸다. 그러나 에메랄드그린이 겨우내 막아주고 보호한 귀한 꽃이다. 가을이 됐으니 나는 다시 전문가를 불러 죽은 에메랄드그린을 뽑아내고 그 자리에 화살나무를 심었다. 자신의 업적을 자랑하지도, 사라지는 것을 불평하지도 않고 에메랄드그린은 조용히 화단에서 사라졌다. 누군가의 아궁이에서 온몸을 태워 방을 덥히는 데 쓰이면 정말 좋겠다.

속닥속닥 식사 모임

　사회적인 성향에 있어 사람의 체질은 확실히 구분되는 것 같다. 크게 밀실 체질, 광장 체질로 나누는 오래된 상식을 다시 불러내본다. 물론 한 인간 안에는 이 두 가지가 공존하지만 내밀하게 자신을 들여다보면 어디에 더 가까운지 알게 된다. 다행히 우리는 체질대로만 살게 되지 않는다. 나는 분명 밀실형이지만 그 체질을 누리며 살아본 적이 없다. 내 직업과 활동은 밀실을 즐기지 못하게 이끌어왔고, 광장은 어느새 나의 제2의 체질이 되었다. 늘 다수로 만나는 모임들이 주변에 구성되어 있었고, 그렇게 일주일, 한 달이 빠르게 흘러갔다. 한 주 내내 가족과 식사를 할 수 없을 때도 적지 않았다. 복잡한 우리네 사회에서 대부분의 사람이 이렇게 살아가고 있으리라.

　상당 기간 체질을 거스르도록 주어진 삶의 양상은 내게 매일의 작은 투쟁을 요청했다. 나의 하루는 내 비위를 맞추어주지 않으면 존재가 편치 않은, 일용할 밀실 경영 시간을 확보하느라 전전긍긍했다. 아무 일 하지 않고 멍하니 앉아 있을 수 있는 최소의 시간, 하다못해 일기라도 쓰는 약간의 시간, 의무로서가 아니라 내가 꼭 읽고 싶은 책에 할애하는 절대적 독서 시간…… 하루 한두 시간의 밀실을 확보하기 위해 일생을 투쟁해왔다면 과장일까. 그래서 결정한 것이 불혹의 나이에 내린 결정이다. 불혹의 의미를 나를 꼭 필요로 하지 않는 모임에 나가지 않는 데 두었고, 내 딴에는 꽤 성실하게 그 원칙을 따랐다고 생각한다. 그런데 지금은 주변에 미안한 맘도 든다.

순진하게도 나는 은퇴가 이 모든 문제를 해결해주는 요술방망이라고 생각했기에 일찌감치 은퇴 준비를 하며 24시간이 온통 내 것이 될 줄 알고 기대에 부풀었다. 그러나 웬걸. 정반대였다. 인생에 처리하지 않고 미루어둔 일이 왜 그리 많은지, 바쁘다는 핑계로 뒤로 미루어두었던 사람들과의 만남 계획은 왜 한꺼번에 파도처럼 밀려오는지…… 자의 반 타의 반으로 저지른 약속 남발이라는 치명적인 실수를 수리하는 데 시간이 지나가고 있었다.

그러던 중 삶의 무리한 관습에 의도치 않은 메스를 가한 팬데믹 시간이 도래했다. 다수의 모임은 저절로 정지되었다. 회의와 식사를 겸하는 회식은 거의 금지되었다. 이러한 사상 초유의, 블루인지 블랙인지 알 수 없는 무채색 시간을 살려내고자 '속닥속닥 식사 모임'을 시작했다. 열 가지 남짓의 레시피를 익혀 한 번에 한 가지씩, 1 대 1, 많아야 1 대 2의 속닥하고 조촐한 식사 모임을 가지는 것이다. 음식 한 가지라 일품요리라 명명한 초간단 식사를 나누면서 일석이조의 기쁨을 누린다.

집에서 이루어지니 조용하고, 또 평소에는 닿지 못하는 깊은 얘기를 나눌 수 있다. 특히 바쁘다는 핑계로 멀어지고, 이런저런 오해와 소통의 부재로 껄끄럽게 된 지인들, 제자들, 멘티들을 생각나는 대로 초대해 작은 식탁을 화해의 자리로 삼는다. '맛있는 식탁 앞에서 해결되지 않는 문제는 없다'는 앙리 드 몽테를랑의 말에 동의해 나는 속닥속닥 식탁의 꽃인 열 개 안팎의 레시피를 업그레이드하는 데 정열을 쏟는다.

이 오붓한 식사 모임은 팬데믹이 끝나도 지속될 것 같다.

어떤 여행

연말연시 기간, 모임 금지가 강화된 와중에 아들과 여행을 했다. 아니 여행을 포기하지 않았다. 1년에 한두 번 둘만 홀가분하게 떠나, 안 가본 지방이나 도시를 방문해 며칠 같이 보내는 것은, 아들이 성인이 된 이후 자리 잡은 우리 둘 사이의 전통이다. 그 기간에 나는 아들에게 거의 모든 자유를 허락한다. 예를 들면 아들이 나를 '○ ○ 씨'라고 장난으로 부르는 것도 허용된다. 나이 차이가 적든 많든, 부모와 자식 사이에는 어쩔 수 없는 운명적인 거리가 존재한다. 그래서 여행 동안만이라도 마치 우리 사이에 세대적 거리가 없는 것처럼 각자의 차이를 좁히는 연습을 해본다.

여행지는 의논해서 정하지만 음식, 숙박, 방문 장소 등 모든 선택을 나는 아들에게 맡긴다. 처음에는 은밀하게 교육적 목적을 숨기고 아들을 유도했지만 이제는 전적으로 아들의 선택을 믿는다. 길눈이 밝은 아들이 운전대를 잡으니 나는 여행 내내 랩 이외의 다른 음악을 들을 수 없다. 이것은 아들이 양보

하지 않는 절대적 취향이다. 익숙해지는 데 시간이 좀 걸렸다. 이제는 귀가 제법 뚫려 좋은 래퍼와 그렇지 않은 래퍼를 구별하고 한 래퍼의 음악에서도 경지에 오른 랩과 그렇지 않은 것, 각 나라 랩의 경향을 구분할 줄 알게 되었다.

자유로운 여행이지만 아주 원칙이 없는 것은 아니다. '왜?'로 시작되는, 혹은 '하지 마'로 끝나는 잔소리는 상호 간에 절대 금물이다. 이것을 지키다 보면 많은 것이 새롭게 보인다. 내가 자제를 하는 지점들이 흥미롭다. 나의 아들에 대한 월권적인 욕심과 아들이 속한 세대에 대한 근거 불충분의 불신임, 튀어나오려고 울렁거리는 '나 때' '왕년에'라는 나이 든 자의 고질적인 교만이 적나라하게 드러난다. 매년 하나하나 자제하다 보면 조금씩 발전한다. 그것은 아들 편에서도 마찬가지다. 나를 '케이브 맨'이라고 부른다거나 '엄만 왜 그래?'라는 항의성 질문을 하지 않기로 묵계가 이루어져 있는 예외적인 여행이다.

이런 여행 중의 한때, 우리는 숙소에서 제공하는 영화 중, 「7번방의 선물」을 리메이크한 동일한 제목의 터키 영화를 같이 보게 되었다. 터키 영화에는 할머니가 나온다. 지적 능력이 모자란 아버지 때문에 학교에서 놀림당한 어린 딸이 이들을 돌보는 할머니에게 "왜 우리 아빠는 달라?" 하고 묻는 장면이 있었다. 그때 할머니는 "너희 아빠는 너와 나이가 같아서 그래!"라고 답한다. 딸아이의 어두웠던 얼굴이 환한 미소로 변하던 것이 아직도 기억에 남아 있다.

친밀함은 아들과 같은 나이가 되는 연습을 통하지 않고는 얼어지지 않는가 보다. 여행이 거듭될수록 내가 아들에게 줄 수 있는 것보다 아들이 내게 가르쳐주는 것이 더 많아진다는 것을 깨닫는다. 아들과 같은 나이로 낮아지는 것, 쉽지는 않다. 그러나 긴 동행을 위한 필수 조건 같다.

악마를 다루기

기독교인들은 신앙의 초기에 영적 방해, 영적 공격, 영적
전쟁이라는 난해한 말을 듣게 된다. 누가 어떻게 방해하고 공
격하는지에 대해서는 그저 막연히 반신반의하며 넘어간다. 공
격의 주체가 사탄이라고 설명을 듣지만 그게 무언지 확실치
않다. 일단 어둠의 영역이기에 정확하게 알기를 원하지 않으
며, 때로는 공격, 전쟁이라는 단어가 따라붙으니 두려움의 대
상이 되기도 한다. 타락한 천사, 악마 같은 단어의 뜻과 그들의
활동에 대해 듣고는 있어도 뜻도 이해하기 어렵고 설명도 쉽
게 하기 어렵다.

이럴 때 반갑게 추천할 수 있는 책이 바로 C. S. 루이스
(1898~1963)가 1942년에 출간한 소설『스크루테이프의 편지』
다. C. S. 루이스는 소개할 필요가 있을까 싶을 정도로 세계적
으로 사랑받는 기독교 저술가다.『나니아 연대기』가 영화화되
면서 세대를 불문하고 그의 이름이 알려졌다. C. S. 루이스는
양차 대전을 경험하며 유럽 지성사의 큰 변환기에 활동한 영

국의 작가로, 생애 마지막까지 다양한 영역의 저술을 쉼 없이 발표했다. 31세에 회심한 후 신앙과 그 실천의 조화가 예사롭지 않은 삶을 살았던 것으로도 유명하다. 영문학자이자 문학평론가, 판타지 소설가, 아동문학가, 시인, 방송인…… 그러나 무엇보다도 영국 성공회 소속 기독교 변증가인 그의 책들은 시대를 뛰어넘어 여전히 읽히고 있다.

『스크루테이프의 편지』는 제2차세계대전의 한복판에서, 먼저 연재 형식(1941년 5월부터 11월까지 간행된 후 지금은 사라진 잉글랜드 국교회의 주간신문 『가디언』지 연재)으로 발표된 후, 1942년에 서적으로 출간된 소설이다. 회심한 지 10년 후에 발표한 이 작품은 『순전한 기독교』와 함께 저자에게 큰 명성을 가져다주었다. '악마'라는 쉽지 않은 주제를 전통적인 문학적 기법을 사용해서 경쾌하고도 능란하게 다루고 있는 이 책의 서문에서 저자는 집필 목적을 다음과 같이 밝히고 있다.

"악마에 대해 생각할 때 우리 인류가 빠지기 쉬운 두 가지 오류가 있습니다. [……] 하나는 악마의 존재를 믿지 않는 것입니다. 또 다른 하나는 악마를 믿되 불건전한 관심을 지나치게 많이 쏟는 것입니다."(『스크루테이프의 편지』 서문, 김선영 옮김, 홍성사, 2018, p. 11)

이 작품은 유럽의 독자들에게는 매우 친근한 서간체소설이다. 제2차세계대전 중의 영국을 배경으로 발신자는 지옥 심연숭고부 차관인 악마 스크루테이프, 수신자는 그에게 악마 훈련을 받고 있는 조카이자 신참 악마인 웜우드다. 고참 악마는 신참에게 막 기독교 신자(그들에 의하면 환자)가 된 한 평범한 청년을 실족시키기 위해 다양한 유혹의 전략을 31개의 편지로 지시한다. 이 외에도 편지에는 악마가 "원수"라고 부르는 하나님과 "저 아래의 아버지"라고 부르는 사탄, 악마의 영적 유혹이자 공격에 노출된 새 신자 청년과 여러 악마 졸개가 등장한다. 서간체소설이 지닌 매력은 발신자의 내면을 세밀히 들여다볼 수 있다는 것인데, 독자들은 루이스가 상상으로 만들어낸 고참 악마 스크루테이프의 거짓말, 오만과 과장, 계략은 그럴듯하나 실패만 거듭하는 우스꽝스러운 면모가 백일하에 드러나는 것을 본다. 소설적 의인화와 상징을 동원해 루이스는 전통적인 예술 작품에서 그려진 뿔 달린 악마와는 다른, 웃음을 자아내되 미친 듯 목적 지향적이며 인간을 실족게 해 영적으로 먹어버리는 데 집중하는 새로운 악마상을 만들어냈다. 책에 그려진 악마의 모습은 논리적 허점과 과장되게 삐기는 태도, 위치를 잘못 찾은 진지함으로 웃음을 유발하는데 이것은 악마에 대한 저자의 신학적 견해를 반영하고 있다. 저자는 이에 관해 마르틴 루터를 인용한다.

"성경 말씀에 승복하지 않는 악마를 퇴치하려면 비웃고 업신여기는 것이 상책이다. 악마는 경멸을 참지 못하기 때문이다."(같은 책의 제사, p. 7)

이 책은 소설인 만큼 시작과 끝이 있으며, 그 줄거리는 다음과 같다. 고참 악마 삼촌의 명령으로 조카 웜우드가 맡은 청년은, 웜우드가 임무를 맡자마자 기독교로 개종하게 된다. 당황한 악마들은 초심자의 믿음을 약화하는 전략을 줄줄이 도입한다. 이런 방해에도 불구하고 환자라 불리는 이 신자는 신앙의 성장을 이루어나가며, 그와 반비례해 삼촌과 조카 사이는 점점 거리가 벌어진다. 삼촌은 이 환자가 원수(하나님)에게서 멀어지도록 기도의 방해와 죄의 유혹, 문화적 세뇌 등의 방법을 조카에게 지도하지만 조카는 제대로 성공하지 못한다. 스크루테이프는 그가 결코 이해하지 못하는 "원수의 사랑"의 비밀을 꿰뚫으면 원수를 무찌르고 천국을 점령하여 천국에 입성할 수 있다고 생각한다. 그러나 (악마가 버러지 같은 인간이라 부르는) 초심자에게 혼동을 일으키고 그의 믿음을 흐리게 하며 결국엔 그를 부패시키는 방향으로 작전을 짜던 중, 그들은 환자가 진정한 기독교인 여성과 사랑에 빠진 것을 알게 되곤 큰 당혹감에 빠진다. 전쟁의 폭격이 점점 더 격화되면서 환자를 지하 세계로 인도하려는 장기 계획을 세우지만, 공습 중에 이 환자는 사망해 하늘로 올라가 천국에 이른다. 거의 성공한 과업에 실패한 조카 웜우드는 지옥 세계의 약육강식의 원칙에 따라, 먹히는 벌을 받아 잔인한 고참 악마의 먹잇감이 된다.

화려한 듯하나 알고 보면 천편일률적인 악마들의 작전과 거기서 빠져나와 한 걸음 더 신앙의 깊이로 인도되는 초심자 사이의 영적 전쟁은, 결국 선하신 사랑의 하나님의 승리 앞에 악이 패하는, 독자를 안심시키는 결말로 끝이 난다. 비록 이 초심자가 전쟁의 폭격 속에서 사망하는 시대적 안타까움이 있다고 해도, 천국에 들어간 것으로 추정되는 청년의 죽음은 그 자체가 악마들의 대실패인 것이다.

이렇게 줄거리만 따라가더라도 이 책은 독자들에게 악마
의 존재에 대해 가지고 있던, 전통적으로 왜곡되었거나 안이
한 인식을 바로 잡아주는 데 기여한다. 채드 스투츠Chad Stutz의
평가처럼 루이스는 현대 문화에 걸맞은 악마상을 그려내는 데
성공한 것이다.

그러나 C. S. 루이스는 그의 다른 저서에서도 자주 그러하
듯이 한 단계 더 깊이 침투하는 독서를 제안한다. 루이스는 일
반적으로 매우 어려운 신학적인 문제들을 쉽게 쓰는 재능이
있기에, 현실의 맥락에서 구체적인 예화를 통해 주제를 전달
한다. 그러나 루이스의 전달 방식은 여러 겹이다. 표층적 독서
를 하는 독자가 보는 것이 있는가 하면, 심층적 독서를 원하는
독자들은 자신이 원하는 깊이만큼 책 속으로 들어갈 가능성이
있다.

이 작품은 이런 시각에서 볼 때 두 가지 심층의 문을 제안
한다. 하나는 시대적·역사적 접근을 가능하게 하는 문이다. 악
마는 자신들이 어떻게 성공적으로 인본주의적 사상들을 동원
해 기독교를 약화시키는 데 기여했는지를 자랑스럽게 나열하
지만, 그것은 역설적으로 제2차세계대전을 눈앞에 둔 유럽의
지성사와 문화에 대한 루이스의 분석 및 비판에 다름 아니다.
악마의 유혹이라는 서사를 넘어서, 당시의 서구가 어떻게 종교
를 과장된 애국심이나 평화주의 같은 주의나 사상으로 대체했
는지, 진리를 어떻게 상대화했는지, 현대사회에서 믿음은 어떻

게 수단이 되었는지, 어떻게 현대의 신앙이 세속주의에 동조하며 영적인 생활도 적당히 누리는 이중적 삶에 만족하게 되었는지, 서구의 진화론, 공산주의, 인본주의가 어떻게 인간을 찰나적 미래에 집중하도록 했는지, 인본주의는 어떻게 역사적 예수를 비역사화했으며 사상의 유행과 결합했는지…… 루이스는 악마의 언술을 독자들이 반어적으로 되짚어보게 유도함으로써, 당시 기독교의 위기에 대한 광범하고 직관적인 분석을 제안했다. 당시 세계대전으로 귀결된 이념과 가치의 위기는 기독교에 대한 악마적인 왜곡의 결과라고 이 책은 말하고 있다. 그러나 『스크루테이프의 편지』에 드러나는 시대적인 해석은 단지 루이스가 살던 당시에만 해당되지 않는다. 그것은 시대를 뛰어넘어 지금, 여기의 독자들에게도 던질 수 있는 지속되는 문제들이기 때문이다. 누군가가 이 책에서 역사적 시각이 결여되었다고 언급한 것을 기억하는데, 이보다 더 농밀한 현대사회에 대한 역사 해석이 어디 있겠는가.

이 책의 또 다른 깊이의 문은 초심자에게 전달하는 루이스의 견고한 신앙적 전언이다. 고참 악마가 무슨 수를 써도 이해할 수 없는 그것, 그것만 손에 넣으면 승리자로 "저 아래 계신 아버지"에게서 칭찬을 받고 아마도 우두머리 악마로 승진할지도 모르는 그것, 버러지 같은 인간에 대한 원수(하나님)의 사랑의 비밀! 고참 악마가 아무리 궁금해해도 결코 다가갈 수 없는 바로 그것을 품에 안고 젊은 초심자 청년은 폭격 속에서 천국으로 들어가 스크루테이프를 낭패시키는 것이다.

동일한 주인공을 등장시키며 루이스는 약 20년 후 「스크루테이프, 축배를 제안하다」(『세상의 마지막 밤』, 홍종락 옮김, 홍성사, 2020)를 발표한다. 이제는 원로가 된 스크루테이프가 유혹자양성대학의 만찬장에서, 세상에서 막 임무 배치를 받은 졸업생 악마들에게 답례하는 이 연설문은 제2차세계대전 이후 진행된 서구 문화에 대한 루이스의 진단을 좀더 직언적으로, 분석적으로 드러낸다. 이 두 텍스트는 서로를 조명해주기에 꼭 같이 읽기를 권하고 싶다.

시작하는 평화

'평화'만큼 그 뜻이 깊고 아름다운 단어도 없다. 나는 좋아하는 단어들을 여러 나라의 언어로 찾아서 익히는 걸 좋아하는데, 평화를 뜻하는 무수한 언어 중에서도 그리스어 '에이레네εἰρήνη'가 가장 마음에 든다.

언어와 지시 대상 사이에 관계가 있다면, 에이레네가 평화의 의미를 음성학적으로 제일 잘 표현하고 있는 것 같다. 프리덤, 파즈, 흐핑, 샬롬, 미르…… 평화를 뜻하는 여러 나라의 단어 중 에이레네는 드물게 모음으로 시작되기에 음악적이기도 하다.

모든 추상적인 단어가 그렇기는 하지만, 평화만큼 사용되는 범주에 따라 그 의미의 폭이 변화무쌍한 단어도 없는 듯하다. 일반적으로 평화에 반대되는 단어로 전쟁을 연상하기 일쑤다. 고대 세계에서 오랫동안 평화가 전쟁이 없는 때를 가리켜왔던 만큼, 그것이 틀린 말은 아니다. 톨스토이의 소설 『전쟁과 평화』가 독자들의 뇌리에 깊이 각인되었기 때문인 것 같기도 하다. 비록 그 방대한 소설을 읽은 독자는 적을지라도, 톨스토이라는 이름마저 현대의 독자들에게 잊혔을지라도, 그 책의 제목은 상식 문답이나 퀴즈 또는 여주인공 나타샤로 분한 오드리 헵번의 열연으로 기억되는 고전이 된 영화를 통해 꾸준히 찾아오고 있으니 말이다. 2001년부터 시작된 세계 평화 지수GPI도 측정 기준에 전쟁, 범죄, 무기 수출, 테러, 폭력 등 한 국가의 정치·사회에 초점을 맞추고 있으니, 현대사회가 고대사회보다 평화의 관점에서 더 발전했거나 진화했다고 보기 어렵다. 오히려 그 양상들이 기술적으로 최첨단화했으니 이러한 면만 보면 고대사회보다 더 후퇴했다고 주장해도 할 말이 없을 정도다.

그러나 평화에는 외적인 평화가 있고 내적인 평화가 있다. 특히 내적인 평화는 외적인 평화에 지대한 영향을 미친다. 외적인 평화의 지표를 만들어내는 것은 결국 국가 차원에 앞서 개인들의 영역에서 이루어지기 때문이다. 우리는 역사뿐만 아니라 일상생활 속에서도 내적인 평화를 잃은 개인이 한 대륙, 한 국가, 한 공동체, 한 가정, 한 타자의 삶을 위기로 내모는 사건을 거의 매일같이 만나고 있다.

세상의 모든 언어가 기본적으로 소통을 위한 것이니 그렇지 않은 단어가 없겠지만, 평화만큼 관계적인 단어도 드물다. 한 개인은 타인과의 개인적인 관계, 사회적 관계, 절대자와의 관계 등 무수한 범주의 관계가 교차하는 집합체다. 그러나 이러한 외적인 관계에 앞서 자기 자신과 맺는 관계에 대해서 우리는 많은 것을 알지 못한다. 이것이 바로 내적인 관계 중에서도 가장 내밀한 영역에 속하기 때문이다. 때때로 자서전을 통해 한 사람 내면의 깊은 골을 들여다볼 때가 있다. 자서전은 자주 외적으로는 성공담의 양상을 취하지만 결국은 한 개인이 내면의 평화를 얻는 서사로 귀결된다.

하다못해 희대의 범죄자가 쓴 자서전도 자신이 저지른 범죄에 대한 후회나 용서를 구하는 것으로 끝난다는 점에서, 이 틀에서 많이 벗어나지 않는다. 또한 수많은 소설은 상상력을 동원해 한 개인이 처한 삶의 다양한 불화·불균형·불행이 어떤 경로를 통해 마침내 외적·내적 평화에 다다르는지 드라마틱한 과정을 그려낸다.

자기 자신과의 관계가 평화롭지 못할 때 우리는 자주 외적인 조건들이나 주변 사람들에게 원인을 돌릴 때가 많다. 매일의 삶은 평화보다는 전쟁에 가까운 것이 사실이기에 어느 정도 평화로운 삶을 영위하는 사람들을 유의해서 관찰하게 된다. 이들에게는 공통점이 있다. 그들은 모두 자기 자신과 솔직하고 깊은 대화를 하는 것을 익힌 사람들이다. 어려움 앞에서 때로는 투지로, 때로는 겸손으로, 때로는 절제로 자신과의 평화를 유지하고 있어 주변 사람에게도 평화를 선사한다. 사회적인 관계에서 외적인 평화를 유지할 수 있는 사람은 그것만으로도 대단하다고 평가할 만하다. 그러나 자기 내면과의 대화자들은 범접할 수 없는 힘을 가졌을 뿐만 아니라 삶의 모든 면에서 건강하다. 그리고 육체적 병을 얻더라도 그것을 평화롭게 마주해 주변을 놀라게 한다. 평화는 웰빙 못지않게 중요하게 부상하는 웰다잉의 핵심적인 표지가 됐다.

평화에 관한 주제로 몇 편의 작품을 쓰다가 이와 관련된 다양한 자료들을 접하게 됐다. 그러던 중 듣게 된 일화가 내게 큰 인상을 남겼다. 몇 년 전 백수白壽를 넘기고 소천한 목사에게 누군가 장수 비결을 물었다는데 그의 대답이 일반적인 기대를 벗어나 놀라웠다. '매일 아침 눈물로 회개하는 것이 나의 건강 비결'이라고 답했다 한다. 이렇게 내면 깊은 곳을 매일 눈물로 씻어내는 것이 그분의 장수 비결이자 평화 비결이었던 것이다.

평화에 관해서는 많은 오해가 있다. 전쟁과 불화가 두려워 평화를 외친 나치주의자도 상당수 있었던 것으로 알고 있다. 평화라는 단어는 또한 억울하게 이용당해왔다. 수많은 살인을 저지른 자를 평화의 사도로 내세워 평화가 말만의 구호로 쓰이기도 했다. 무수한 전쟁이 평화의 이름으로 저질러진 인류의 어두운 역사도 동서고금을 막론하고 흔하다.

우리는 모두 자신과의 솔직한 내면의 대화에 익숙하지 않다. 그런데 평화는 거기서 시작되는 것 같다. 자신의 모습을 잘 들여다보는 것에서부터 진정한 에이레네를 배우기 시작한다.

진정한 해방에 관하여

우리에게 잘 알려져 있는 아프리카의 문인은 많지 않다. 아프리카는 그만큼 멀다. 지리적으로 멀 뿐만 아니라 심리적으로도 멀다. 흑아프리카는 더욱 그러하다. 그러나 그곳에는 종족 수만큼이나 많은 종류의 종족어가 있고, 시인과 작가도 풍부하게 존재한다. 물론 접근이 수월하지는 않다. 종족어로 글을 쓰는 작가들이 아프리카를 넘어서 먼 이웃인 우리에게까지 오기 위해서는 그들을 식민지로 삼았던 유럽의 언어를 거쳐야 하는 엄연한 벽이 있다.

그럼에도 케냐의 소설가이자 극작가인 응구기 와 티옹오는 한국과의 인연으로 어느 정도 이름이 익숙하다. 한국을 두 번이나 방문한, 명실공히 흑아프리카의 대표적인 작가라고 할 수 있다. 응구기 와 티옹오의 『한 톨의 밀알』(왕은철 옮김, 은행나무, 2016. 이후 이 책의 인용은 본문에 쪽수만 밝힌다)은 구전문학이 활발한 아프리카 문학에서 현실 역사의 증언과 소설 미학이 잘 어우러진 작가의 대표작으로 꼽힌다.

"어리석은 자여, 심은 씨는 죽지 않고서는 살아날 수 없느니라. 네가 심는 것은 장차 이루어질 그 몸이 아니라 밀이든 다른 곡식이든 다만 그 씨앗을 심는 일일뿐이라."(p. 9)

이 작품은 「고린도전서」의 15장 36~37절을 제사로 새기면서 시작한다. 작품의 제목 또한 「요한복음」 12장 24절에서 빌려왔을 뿐 아니라 해당 구절은 작품의 전체적인 의미를 요약하고 있다고 할 수 있다.

케냐의 독립을 위해 '한 톨의 밀알'이 된 키히카라는 청년을 둘러싸고 몇 겹으로 일어나는 배반들과, 작품에서 '유다'로 지칭되기도 하는 이들 배반자들의 죄의식의 문제를 다루고 있는 『한 톨의 밀알』은 케냐의 독립이라는 역사적인 사건을 다루고 있음에도 불구하고, 인물의 내면에서 일어나고 있는 도덕적 갈등에 작품의 많은 부분을 할애하고 있다. 핍진한 케냐의 현실이 매우 서정적인 내적 독백으로 촘촘히 채워져 있는 이유이다. 이 역설이 작가의 작품이 지니는 특수성이면서도 새로운 아프리카의 역사적·문학적 전망에 기대를 갖게 한다.

케냐의 작은 농촌 마을 타바이를 배경으로 하고 있지만 이 작품에는 아프리카의 장대한 자연 풍광에 대한 묘사도, 대자연 속의 모험담도 담겨 있지 않다. 작품이 인물들과 그들의 관계에 초점을 맞추어 전개되고 있는 것은 다분히 작가의 의도가 더 깊은 곳에 있음을 얘기해주고 있다.

배반당해 죽었기에 작품에는 직접적으로 등장하지 않는 청년 키히카가 있다면, 그와 독립군들을 도운 영웅으로 추앙되는 무고가 있다. 그를 영웅으로 추대하려는 주변의 격앙에 무반응으로 일관하는 무고의 은자적인 면모로 인해 그에 대한 주민들의 평가는 더 높아져만 간다. 그러한 평가와 반비례해서 작품은 매 단계 무고의 내면적 갈등을 대비적으로 그려낸다. 여러 수용소를 전전하면서 받은 고통의 기억들이 뒤섞이는 갈등의 심리 속에서조차 사실 그가 저지른 일은 분명하게 발설되지 않는다.

그리고 여기, 아름다운 케냐를 상징하듯 생명과 정열을 현현하는 한 여성 뭄비가 있다. 키히카의 여동생인 뭄비의 순수한 눈빛 아래서 무고는 자신이 바로 그녀의 오빠이자 독립의 진정한 영웅인 키히카를 죽인 배반자임을 고백하며 그녀 앞에 무릎을 꿇는다.

『한 톨의 밀알』은 얼굴 없는 주인공 키히카가 남긴 성경에 밑줄로 강조되어 있던 구절을 여러 번에 걸쳐 인용하면서 사건의 장을 나눈다. 일종의 작품의 이정표이기도 한 이 구절들을 통해서 독자는 이 작품이 『신약성경』의 배반의 서사를 확장시킨 것을 알아차릴 수 있기에 흥미롭다. 케냐의 독립은 인물들의 기억 속에 각인된 것처럼, 항거와 투쟁과 수용소에서 보낸 고통스러운 시간의 열매이기도 하지만, 그것이 완성되기 위해서는 무고의 배반에 대한 고백과 그가 저지른 죄의 회개가 절대 조건으로 제시되는 것이다.

물론 작품 안에는 뭄비를 사이에 두고 애정의 경합을 펼치는 기코뇨와 카란자의 드라마도 있다. 이들도 무고와는 다른 이유로, 살아남기 위해 동료들을 배반한 이력을 지닌 인물들이다. 이 주변 인물과 무고와의 차이점은 무고에게는 배반에 대한 실존적인 고뇌와 갈등이 있다는 것이다. 여러 면에서 상징적인 '유다'인 무고는 바로 고백과 회개를 통해 거듭나며, 케냐의 정치적인 해방에 못지않게 그의 존재가 배반의 과거로부터 해방되는 것이 중요함을 작품은 강조하고 있다. 그렇기에 작품은 무고의 고백이 이루어지는 마무리 부분에 「요한계시록」 21장 1절의 "나는 새 하늘과 새 땅을 보았습니다. 처음의 하늘과 처음의 땅은 사라졌습니다"(p. 308)라는 구절을 배치한다.

　한 나라의 진정한 독립과 해방은 물론, 한 인물의 삶에 올무가 된 사건의 해결도 궁극적으로는 도덕적인 회복에서 완결되는 것임을 『한 톨의 밀알』은 무고라는 인물의 내적·외적 여정을 통해 드러내고 있다. 그것이 바로 응구기가 말하고자 하는 케냐의 진정한 독립이자 해방인 것이다. 이것은 아프리카의 현실을 현상적으로 알리는 데 기여한 여타의 아프리카 작품들과 응구기 와 티옹오의 『한 톨의 밀알』을 구분하는, 어쩌면 가장 깊이 있는 본질적인 차이다.

카빌리의 사람들

우리가 좋아하는 작가가 작가가 되어가는 과정을 엿보는 것은 가슴 설레는 일이다. 알베르 카뮈 작품의 애독자와 연구자는 시대를 뛰어넘어 새로운 상황 속에서 그의 작품들을 다시 만나는 기이한 현상을 경험하게 된다. 이것은 분명 카뮈가 단순히 운이 좋은 작가이기에 앞서, 작가가 전달하는 전언이 시대마다 대화의 창구를 여는 보편적인 가치를 지니고 있기 때문일 것이다. 많은 고전 작품이 그러하듯이.

카뮈의 경우 작가 수련기의 글들 대부분이 발굴되었고, 그의 모국어인 프랑스어로 출간된 것은 물론 한국의 독자에게도 많은 글이 번역 소개되었다. 그래도 여러 가지 지역적인 이유로 빠진 글이 존재할 수밖에 없다. 그중 하나가 『카빌리의 비참』(김진오·서정완 옮김, 메디치미디어, 2021. 이후 이 책의 인용은 본문에 쪽수만 밝힌다)인데, 잊히지 않고 이번에 우리말로 번역되었다.

오랜만에 독자들은 알제리를 사랑하는 사람이 온몸으로

쓴, 젊은 시절 카뮈의 직언적인 글을 읽는 기쁨을 누리게 되었다.

26세의 일간지 기자였던 카뮈가 1939년 6월 5일부터 15일까지 발표한 열한 편의 기사는 알제리 카빌리 산악 지대 사람들의 빈곤과 절대 결여, 일상의 소외와 고독에 대해 다룬 르포르타주 형태를 띠고 있다. 그러나 이 글들은 르포의 범위를 넘는 의미를 지닌다. 한 젊은 지성의 명료함과 어디에도 포섭되기를 거부하는 고집스러운 신념과 그 젊은 나이에 이미 영근, 카뮈가 일생을 통해 다듬어갈 윤리적 가치가 생생하게 드러나 있기 때문이다.

카뮈의 글은 늘 젊음으로 독자들에게 각인되어 있다. 그것은 운명적으로 미완성일 수밖에 없는 그의 짧은 생애에서 비롯되는 것만은 아니다. 장 다니엘의 표현처럼 "시대의 분위기에 저항하는"(Jean Daniel, *Avec Camus: Comment résister à l'air du temps*, Editions Gallimard, 2006) 카뮈만의 무언가가 그의 시대를 뛰어넘어 우리에게 말을 걸기 때문이다. 사상의 젊음, 망가진 세상에 대한 늙을 줄 모르는 각성이 지금도 말을 걸고 있다. 그가 던지는 몇몇 전언은 무수한 제스처의 시대, 개성 없는 모방의 시대, 진실을 드러내기 두려워하는 우리의 현재에 생생한 충격을 주며 우리가 잊고 있던 바로 그것을 깨운다. 카뮈는 "카빌리를 위해 우리가 한 일은 무엇인가?"(p. 12)라고 묻는다. 우리 주변에는 늘 카빌리가 있기 때문이다.

더 많은 정보에 더 쉽게 접근하는 현대의 젊은이들이 진리 앞에 선 카뮈의 절제된 외침과 시대적 가치의 사색을 모방이라도 할 수 있을까. 젊은 카뮈의 글 갈피에는 한 지역을 깊게 품은 성숙한 시선이 있다. 그래서 이 시대에 다시 카뮈의 젊음이 필요한 것이다. 비록 그의 세계관에 온전히 동의하지 않는다고 해도 그의 삶의 자세에는 그가 일관되게 옹호한 가치들이 있었다. 「가난한 동네의 목소리들」을 비롯한 이십대 초반의 카뮈가 남긴 삶의 스케치들이 곧이어 나올 문학작품의 발아를 알리듯, 『카빌리의 비참』은 『시시포스 신화』에서 구조화된 사상적 체계를, 어떤 영역과 방식을 통해 구체적 삶의 각론에서 펼치는지 보여주는 의미 있는 기사라는 생각을 하게 된다.

『카빌리의 비참』을 기사로 발표하기 전에 카뮈가 얼마나 많은 발품을 들였고 접근이 쉽지 않은 자료들을 섭렵했을지, 얼마나 많은 그 지역의 사람을 만났을지, 독자들은 상상하기 어렵지 않다. 카뮈가 열한 개의 기획 기사에서 지치지 않고 드러내는 현실적인 지표들, 그가 제안하는 해결 방안들도 그 의미가 깊다. 눈에 띄는 것은 프랑스 식민지였던 알제리에서 가장 낙후된 카빌리 지역과 지역민들에 대한 카뮈의 깊은 애정의 시선이다. 이후의 작품에서 카뮈의 독자들이 확인하게 될, 알제리에 대한 혹은 인간에 대한 사랑과 연민의 기본 정조를 구성할 바로 그것이다. 『이방인』의 정제된 '백색의 문체'를 통해서, 극한 상황의 절정인 페스트를 대하는 『페스트』의 인물군에 대한 작가의 시선을 통과하면서 우리는 작가 카뮈의, 이제는 잊힌, 가장 기본적인 인간성에 대한 윤리를 만난다.

카뮈가 이 글을 쓰던 1930년대의 유럽은 어떠했을까. 한 편에서는 유럽의 지식인들이 주축이 되어 식민주의에 대한 비판적인 정서가 일어나고 있었다. 그와 동시에 19세기 말부터 기획된, 식민지가 가져다주는 경제적 이익을 폭넓게 소개하는 1931년 국제 식민지 박람회가 프랑스 파리에서 거의 6개월이나 성황리에 지속되었다. 이런 기록들에서 보듯이, 식민주의에 대한 대립적 갈등이 고조되던 때였다. 1939년 카뮈의 기사들이 발표되고 3개월 후인 9월, 그가 일하던 『알제 레퓌블리캥』은 폐간된다. 사실 지구의 여러 지역에서 식민주의 담론은 1960년대에 확장된 독립이나 해방과 더불어 종식되기보다는 지속해서 제기되는 여전히 진행형인 주제다.

작가는 시대 속에서 우연히 태어나지 않는다. 카뮈는 한 작가이기 전에 철학자로서, 세계 속 인간성의 본질을 철학적 일관성으로 설명하고자 했다(『시시포스 신화』). 그가 본 것은 현상 너머의 인간성을 구성하는 질서들이다. 그와 동시에 비슷한 시기의 또 다른 카뮈, 카빌리뿐만 아니라 알제의 뒷골목에서부터 알제리 곳곳의 현실을 직접 발로 밟으며 심장에 새기는, 작가로 발돋움하는 한 젊은이를 우리는 『카빌리의 비참』에서 만난다. 이 구체성의 현실 없이 예술 작품으로 도약할 수 없다.

그렇다고 카뮈의 어느 완성된 문학도 르포인 적은 없다. 『카빌리의 비참』뿐 아니라 카뮈에게 있어서 기자로서의 참여는, 지식인으로서의 활동에서 특수한 기능을 가졌던 것 같다. 그에게 있어 시사적 사실은, 인간의 조건에 대해 성찰하는 문학과는 구별되는 기능을 가지며, 후에 하나의 사고 체계로 혹은 작품으로 구체화되는 데 중요한 역할을 한다. 그것은 카뮈가 구체적인 현실 너머의 혹은 그에 내재해 있는 더 큰 가치를 보고 있기 때문이다. 성찰의 넓고 깊은 폭이 카뮈가 위대한 작가가 되는 비밀이 아니었을까. 카빌리의 경우 그것은 '현명한 민족의 심오한 위대함'이다. 『카빌리의 비참』에서 카뮈가 강조해서 알리고 싶어 하는 것은 빈곤, 결핍에 대한 지극히 문학적이기에 아이러니하게도 실천 가능한, 실질적 해결책이다. "문제를 정치적인 시각에서 인간적인 시각으로 바라보게 될 때 항상 발전은 이루어진다."(p. 123) 이것이 카뮈의 작품들이 지향하는 실천적 위상이다.

이미 『카빌리의 비참』에는 카뮈의 이후 작품 전반에 흐를 팽팽한 두 힘의 쓰라린 대결이 있다. 화해 불가능한 것처럼 보이는 두 힘, 그것은 젊은 작가의 눈앞에 펼쳐진 세상에 대한 두 가지 모순적인 탄성을 터져 나오게 한다. 카빌리이건 알제이건 오랑이건, 알제리를 채운 이 기이한 풍광과 그곳에서 사는 사람들의 삶에 대한 존중과 사랑은 얼마나 투명하게 아름다운가.

그러나 그에 반비례하듯 죽음에 직면한 인간의 조건들은 얼마나 적나라하게 빈곤하고 비참한가. 공존하되 화해할 수 없는 절대미와 절대 빈곤! 그리고 카뮈의 인물 대부분을 지배하는 깊은 침묵이 뒤따른다. 카빌리의 사람들처럼. 다른 명명이 없어 카뮈는 이것을 운명으로, 인간의 생에 드리운 조건으로서 부조리라 불렀다. 숨 막히게 아름다운 자연을 카뮈가 불러낼 때 거기에는 인간의 누더기 그림자처럼, 빈곤의 실존이 중첩되어 고통의 근원이 된다. 그리고 작가 카뮈를 만드는 것은 그가 이 둘을 모두 사랑할 수밖에 없다는 데 있다. 그 사랑의 외침이 『카빌리의 비참』에서도 들려온다.

『카빌리의 비참』에서 그 지역 풍광의 아름다움에 바치는 묘사는 의도적으로 절제되어 있다. 그러나 카빌리의 배경에 카뮈의 알제리 작품군을 중첩해 읽지 않을 수 없다. 단순한 자연의 구성물들, 황혼, 돌, 바다, 푸르름, 뜨거운 햇살은 『안과 겉』『결혼·여름』『이방인』『적지와 왕국』의 단편들에서처럼 무연히, 절제되어 언급되어도 식민 시대 삶의 초토화된 비참을 집중 조명하듯 백일하에 드러낸다. 그리고 개인적으로 카뮈의 모든 작품 중에 알제리 작품군이 가장 뛰어나다고 평가하고 싶다.

『카빌리의 비참』에는 부조리한 세계에 대한 청년 지식인의 외침이 담겨 있다. 이 책에서 그가 지식인의 자기 인식을 가지고 강조한 것은 분노, 참여, 반항 이전에 단 한 가지, 인간성의 숭고와 존엄성에 대한 깊은 존중에로의 초대이다. 그 진실성의 여부가 지식인과 쭉정이를 나누는 잣대다. 카뮈는 숫자와 정치가 그러한 존중 위에 세워지지 않으면 그것은 인류의 역사에 의미가 없다고, 존재가 바로 설 때 그 행동이 유효하다고 말하는 듯하다. 사랑하지 않는 사람은 말할 권리가 없다.

『카빌리의 비참』을 다 읽고 놀란 지점이 있다. 프랑스어권 흑아프리카를 두어 번 방문한 조촐한 경험으로도, 이 책이 제기하는 모든 버려진 지역의 고통의 세목들이 익숙하게 다가왔다. 젊은 카뮈의 시대에서 거의 한 세기가 지난 지금, 프랑스어권 흑아프리카의 카빌리 현상을 거의 유사하게 확인할 수 있다. 카뮈가 예언적이었다고 볼 수도 있다.『반항하는 인간』을 구성하는 카뮈의 주장이 이후의 유럽 역사에서 부분적으로 증명되었듯이. 식민에서 해방된 어떤 아프리카의 시간은 느리게 흐르며, 시간의 흐름에 저항하는 고질적 타성이 여전히 구조적으로 존재한다. 종족과 언어와 문화와 무관하게 아프리카에 그어진 직선의 국경들이 당신은 아름다운가? 카뮈는『카빌리의 비참』을 통해 묻고 있는 듯하다.

빛의 통로

레프 톨스토이의 이름을 모르는 사람은 없을 것이다. 그가 태어난 러시아보다도 그의 이름이 더 익숙할 정도이다. 톨스토이라는 거대한 작가를 수식하는 말은 무수히 많다. 무엇보다 소설가로 명성을 굳혔지만 그는 사상가이고 교육 이론가이자 실천가이며 농민운동가인가 하면 우화 작가이다. 종교에 대한 톨스토이의 무수한 글은 그를 기독교 변증가라고 불러도 좋을 정도이다.

그는 당연히 예술에 대해서도 많은 글을 남겼다. "진정한 예술작품에서는 수용하는 사람의 의식에서 수용자와 예술가 사이의 구별이, 그리고 그 작품을 수용하는 다른 사람들과의 구별이 사라진다. 한 개인이 자신의 고독에서 벗어나 다른 사람들과 구별되지 않는 이런 해방감, 개인과 다른 개인들의 혼연일체가 바로 예술의 매력이자 본성"이라고 만년의 저서『예술이란 무엇인가』(이강은 옮김, 바다출판사, 2023, p. 210)에서 말한다.

세상에는 사람들을 위한 많은 세속의 책이 있다. 다른 한쪽에서는 신앙인들을 위한 서적도 수없이 출간된다. 안타깝게도 세상의 책들과 신앙의 책들 사이에는 건너기 힘든 깊은 골이 놓여 있다. 세상이라는 유리 벽을 넘는 다른 편의 서적은 많지 않다. 그럼에도 이 깊어진 골을 메우는 역할을 문학이 종종 감당한다. 예술로서의 문학작품은 늘 구체적인 현실과 현실 너머의 것을 동시에 감싸 안고 있기 때문이리라.

많은 작가가 그렇듯이 톨스토이도 세상의 어두운 심연에서 젊음을 보낸 허무주의적 방황의 전적이 있다. 그는 세상의 어두움 속에서 아무런 의식 없이 살고 있는 사람들의 황량한 내면을 속속들이 잘 알고 있다. 그렇기에 그의 작품들은 구체적으로 또한 자연스럽게 한 인간을 지배하는 영적인 경험의 다양한 양상을 현실감 있게 전달한다. 톨스토이는 『안나 카레니나』를 탈고하는 50세 즈음에 기독교도가 되어 그의 삶을 바꾼 신앙을 이후의 무수한 작품과 글을 통해 열렬히 간증했다. "나의 삶의 전체는 갑작스러운 변화를 겪었으며, 내가 한때 원했던 것들을 바라지 않게 되었다. 한때 나에게 선하게 보였던 것이 이제는 악한 것으로 보이게 되었다. 그리고 과거에 악하게 여겨졌던 것을 이제 선하게 보게 되었다"(레프 니콜라예비치 톨스토이, 『톨스토이의 나의 종교』, 디즈비즈북스, 2021, 전자책). 이렇듯 전격적으로, 의도적으로 단순화해서 자신의 회심을 표현하고 있지만 그 과정이 만만치 않았음을 이 시기에 발표한 그의 작품들을 통해 살펴볼 수 있다.

『이반 일리치의 죽음』과『빛이 있는 동안 빛 가운데로 걸으라』두 편은 모두 중편이며 공통점이 있다. 신앙을 거부하는 한 사람이 믿음에 이르는 삶의 여정에 초점을 맞추어 작품이 구성되어 있다는 점이다. 톨스토이가 회심한 직후 몇 년간에 쓴 작품이니만큼 작가의 자전적 경험이 녹아 있다고 추정할 수 있다.

그의 회심에 대한 설명이 단순 명료했듯이, 소설『이반 일리치의 죽음』(이순영 옮김, 문예출판사, 2016)은 내용의 심오함에도 불구하고 쉽고도 간결하게 한 인간이 구원에 이르는 과정을 전달하고자 하는 작가의 의도가 드러나는 작품이다.

"이반 일리치가 살아온 삶은 굉장히 단순하고 평범했으며 아주 끔찍하기도 했다"(같은 책, p. 22)라고 모순어법으로 주인공을 소개하는 이 작품은 젊은 시절부터 중견 법조인으로 45세에 죽기까지 한 법학도의 삶을 추적하는 전기적인 양상을 띠고 있다. 그가 평범한 것은 그의 삶을 추동하는 것이 시대와 지역을 막론하고 공통적인, 지극히 세속적이고 물질적이며 비윤리적인 욕망들이라는 데 있다. 이반 일리치 가족의 큰 기대를 짊어지고 있으며, 이 집안의 "착한 애"로 불리는 이 사람의 의식 속 진면모를 작가는 가감 없이 보여준다. 죽음이 그를 엄습하기 전까지 그의 삶은 수월하게, 편하고 즐겁게, 또한 법도에 맞게, 소위 '제대로 된 삶'이라는 확신으로 살아가는 "평범한" 삶이었다. 즉 비리도 저지르고, 인맥을 동원해 더 많은 수

입이 보장되는 직위로 승진하며, 들키지 않을 정도로 방탕하면서, 가족 내에서의 의무에서 도망해 일로 피신하는 당시의 전형적인 러시아 관료의 모델을 보여준다.

이러한 설정의 주인공을 당시 러시아 고위층에 대한 비판이라고 볼 수도 있지만 작품은 한층 더 인간의 내면으로, 영적인 각성의 경계로 독자를 이끌고 간다. 세속적 질서에서는 승승장구하는 수직적 상승 구조와 그에 대비되는 인물의 내면적 인식으로 내려가는 하강 구조를 통해 작가는 이반 일리치를 지배하는 죄악된 삶과 가치관에 대한 그의 무신경, 무감각을 여지없이 드러낸다. 이 작품을 러시아 사회의 비판으로만 읽는다면 후반부 전체를 지배하는 이반 일리치의 두려움의 근본을 이해할 수 없게 된다. 이반 일리치의 삶은 마치 인간이 수시로 저지르는 습관적 범법이나 죄의 목록에 다름 아니다. 죄는 '제대로 된 삶'이라는 세속적 행동 규범에 의해 정당화되기에 깊이 숨겨지는 것이다. 그렇기에 이반 일리치가 앓고 있는 병은 그에게 하나님이 준비하신 광야이며, 이 병에 대한 두려움이 커질수록 그에 비례해 서서히 자신의 삶이 잘못되었음을 깨닫고 돌이키려는 마음이 미미하게 그의 내면에 돋아난다. 이는 후반부로 갈수록 강화된다.

이반 일리치는 사망하기 한 시간 전, 나락에 떨어져 있는 그 순간에 빛을 보게 된다. 이 빛이 고통으로부터, 그리고 죽음에 대한 두려움으로부터 그를 해방시킨다. 작가는 분명하게 이 빛에 대해 명명하지 않지만 "죽음이 있던 자리에 빛이 있었다"라는 언급을 통해 죽기 직전에 허락된 이반 일리치의 영혼의 구원으로 작품을 맺는다. "그래, 바로 그거야!" "이렇게 기쁠 수가!"(같은 책, p. 98)라는 주인공의 외침과 함께. 육신의 죽음을 누군가가 선고하는 그 순간, 이반 일리치는 '끝난 건 죽음이야. 이제 죽음은 존재하지 않아'(같은 책, p. 99)라고 속삭이며 빛에 자신을 맡길 수 있는 것이다.

그의 구원으로의 여정에 농민 출신의 젊고 보잘것없는 하인인 게라심을 간과할 수 없다. 유일하게 헌신적이었던 게라심은 겸손한 인격과 삶으로 이반 일리치의 굳어진 마음을 열었기 때문이다. 이반 일리치의 삶은 세속 질서에 무뎌진 우리의 삶을 되돌아보게 해준다. 혹은 주변의 무수한 이반 일리치에게 게라심이 되라는 권면으로도 읽힌다. 문화, 전통, 관행 또는 유행의 이름으로 인간의 내면 깊은 곳으로 숨어버린 영적인 삶, 그것조차 무디게 하는 것들을 다시 한번 점검하는 기회를 이 작품은 제안하고 있다.

『빛이 있는 동안에 빛 가운데로 걸으라』(조병준 옮김, 샘솟는기쁨, 2013)에는 "초기 기독교 시대의 이야기"라는 부제가 붙어 있다. 늘 러시아의 이상적인 기독교 공동체를 꿈꾸었던 톨스토이는, 로마의 기독교 박해자 중 하나였던 트라야누스 황제 치하의 한 기독교 공동체의 삶에서 그 원형을 찾고자 했던 것 같다. 다소의 부유한 상인의 아들 줄리어스와 어릴 때부터 그와 같이 자라 친구가 된 그 집 노예의 아들 팜필리우스. 이

두 사람의 교차하는 삶을 통해 작가는 인간 구원의 드라마의 또 다른 국면을 형상화한다. 반항을 해보지만 아버지의 아들답게 결국은 부와 출세, 명예를 좇는 삶을 사는 줄리어스는 시대와 장소만 이동한 이반 일리치에 다름 아니다. 반면 노예 출신의 팜필리우스는 그사이 기독교 공동체의 지도자로 성장하고 있었다. 보이지 않는 섭리의 손이 줄리어스의 삶에 고난이 닥칠 때마다 팜필리우스와 만나게 안배한다. 작품의 많은 부분이 친구의 기독교적 삶, 가치관, 그가 살고 있는 공동체에 대해 이의를 제기하는 줄리어스에게 참을성 있게 자신의 기독교적 가치관을 권고하는 팜필리우스의 대화로 이루어져 있다. 어떤 면에서 팜필리우스는 기독교 변증가의 면모를 띠고 있다.

삶의 위기를 맞을 때마다 친구의 공동체로 가고자 하는 줄리어스의 앞에 세 번에 걸쳐 지식인의 면모를 한 인본주의자이자 의사인 "낯선 이"가 나타나 그 길을 지연시킨다. 『천로역정』의 "속세의 현인"을 닮은 이 지식인의 달변에 속아 줄리어스는 일생을 탕진하고 모든 것을 잃은 말년에야 복음에 눈과 귀가 열려 친구의 기독교 공동체에 귀의한다. 특히 박해로 체포된 기독교인들의 처형을 막아달라는 것이 아니라 그들이 복음을 선포할 기회를 달라는 팜필리우스의 부탁은 줄리어스가 회심하는 데에 큰 영향을 미친다. 친구의 구원을 위한 팜필리우스의 지혜와 끈기도 본받을 만하다. 그 덕분에 "죽음이 그의 몸을 어떻게 데려갔는지 의식하지 못한 채로"(같은 책, p. 127) 20년을 그 공동체에 살다가 줄리어스는 생을 마감한다. 아무

리 늦어도 빛이 있는 동안 빛 가운데로 걸을 수 있는 것, 이것
이 바로 작품의 제목이 내포하고 있는 비밀이다.

망각의 갈피에서 찾은 것

책장에 무수히 꽂혀 있는 책 중에서 대체 어떤 책이 기억되고 또 망각되는지를 누군가가 끈기 있게 카메라로 추적한다면 그것만으로도 흥미로운 한 편의 추리 영화가 될지도 모른다.

나는 늘, 언젠가는 읽고 싶은 책만 읽으면서 살 수 있는 여유 있는 날이 오겠지 하는 기대로 당장 읽을 것이 아니라도 마음에 드는 책은 사두는 편이다. 그렇지만 책을 쌓아둘 수 있는 공간이란 늘 부족하기 마련이어서 절대 아무 책이나 사지 않는다. 예를 들면 정보나 실용 지식에 관계된 책들은 3분의 1 이상을 읽어보고 설득이 되어야 구입한다. 이론서들도 마찬가지다. 가난했던 학생 시절에 생긴 인색한 습관이다. 문학작품에 대해서는 좀더 관대하다.

그러나 구입한다고 모두 책장에 남아 있지는 않다. 어느 정도 읽어보고 정말 구제할 길이 없는 책은 당장에 폐기 처분된다. 책장에 살아남아 있는 문학작품들은 어느 정도 감정가가 매겨진 책들이라고 보아도 좋다.

덴마크의 작가 페터 회의『눈에 대한 스밀라의 감각』(정영목 옮김, 까치, 1996)은 그렇게 몇 년간 책장에 꽂혀 있던 책 중 하나다. 그러다가 어느 변덕스러운 날, 어떤 지방, 어떤 식당의 바로 그 음식이 먹고 싶듯이 책에 대한 아주 구체적인 구미가 발동할 때가 있다. 읽지 않은 책이라 해도 우리는 이미 구입할 때부터 그 책에 대한 많은 정보를 입력해두고 있다. 뿐만 아니라, 이렇게 여러 해 책장에 있다 보면 무수히 손이 그 책을 스치고, 한두 번 뒤적여보고 하는 사이 그 책에 대한 일련의 감각적인 인상이 구성되기 마련이다.

그래서 멀리, 언어를 모르는 먼 나라로 떠나 기이한 사건에 휘말려 세상을 뒤집어보고 싶은 강한 욕망이 일어난 어느 날, 나는 페터 회의『눈에 대한 스밀라의 감각』을 집어 들게 됐다. 추리소설? 그럴지도 모른다. 그렇지만 나는 대부분의 전통적인 추리소설의 이념을 좋아하지 않는다. 대의와 공인된 가치와 대중적인 함의에 기대고 있는 사건 중심의 이야기 전개 말이다. 이 작품은 그런 의미에서라면 추리소설이 아니다.

덴마크에서는 하층민이자 소외층에 속하는 에스키모 부모를 가진 한 어린 소년이 지붕에서 떨어져 죽는다. 소년의 친구이자 이웃이었던 한 여자, 스밀라는 아무도 주의를 기울이지 않는 소년의 사고사에 의심을 품는다. 증거는 없다. 증거가 있다면 이 에스키모와 백인의 혼혈인 34세 여주인공 스밀라가 지니고 있는 눈에 대한 감각이다. 바로 이 부인할 수 없는 감각에 기대 스밀라는 겁도 없이 길고도 승산 없는 모험을 시작한다.

승산 없을 것 같은 모험에서 주인공이 이기는 일은 늘 신난다. 소위 이김의 문법이 우리가 다 알고 있는 것이 아닐 때, 작품은 고유의 독특한 맛을 만들어낸다. 이 작품의 매력은 바로 그것이다. 예상치 않은 시선으로 세상을 해부해 보여주고, 자신만의 세상 사는 방법을 결국 주장해내는 것. 코펜하겐과 그린란드, 그리고 그 사이를 잇는 바다에서 펼쳐지는 긴 모험과 긴박한 추적이 흥미진진한 것은 바로 스밀라만이 보여줄 수 있는, 도저히 길들여지지 않을 것 같은 원시적인 직관의 힘 때문이다. 스밀라가 에스키모 어머니에게서 물려받은 직관. 그 아무것도 아닌 것 같은 직관 앞에서 거대 의료 기업의 비리, 한 과학자의 왜곡된 욕망, 파괴적인 서구 주류 문명의 폭력이 조각나 파헤쳐진다.

나는 이 작품을 단번에, 그러다가 하권부터는 끝날 것이 아쉬워 천천히 읽었던 기억이 있다. 대부분의 잘된 작품들은 이렇게 읽힌다. 처음에는 사로잡힌 듯 단번에, 그다음에는 닳아 없어질까 봐 음미하면서 조금씩. 희귀하고 진기한 맛의 과일처럼.

불행히도 이 작품은 영역본으로부터의 중역이다. 그렇지만 수년 전 동일한 역자의 『세계 미스테리 걸작선』(도솔, 1991; 개정판 『마니아를 위한 세계 미스터리 걸작선』, 도솔, 2002) 두 권을 접한 후 그 역자의 작업을 신임하게 되었기에 즐기면서 읽을 수 있었다. 이 작품은 1997년에 "센스 오브 스노우Smilla's Sense of Snow"라는 제목으로 영화화되기도 했다. 그러나 이런 경우, 예외가 드물 듯이 영화는 작품의 10분의 1도 살리지 못했다. 절대 먼저 작품을 읽으시기를!

힘겨운 화해들

드디어 기다리던 때가 왔다. 믿기지 않지만 시간을 온전히 마음 가는 대로 사용할 수 있는 그런 때가 마침내 코앞으로 다가온 것이다. 사실 생각만 해도 가슴이 뛰는 일이 아닐 수 없다. 한번 길에 접어들면 끝까지 가보는 버릇이 있는 사람이어서 한길에 들어섰으니 끝까지 와봤다. 사실 이렇게 순탄하게 끝까지 올 수 있으리라고는 생각하지 못했다. 자유분방형 인간에게는 어려운 길이었지만 무수한 청년을 만났으니 풍요로운 길이었다고 단평하고 싶다. 어쨌든 성큼 다가온 이때를 기념하기 위해 몇 가지 화해를 시도하기로 한다. 그것은 지금까지의 삶의 습관들을 바꾸는 것들을 의미하는데, 실천에 성공할지 그 여부를 알 수는 없다.

시간과의 화해

하루의 시간 중에도 어떤 일을 하기에 가장 좋은 시간이 있다. 모든 시간이 동일한 속도와 농도로 지나간다고 믿는 것은 거의 수학적 착각에 가깝다. 하루를 더 연장하고 싶어 늦게까지 앉아 있는 새벽 한두 시의 깊은 밤. 그런가 하면 생각이 둔한 오전 시간대가 있다. 주로 강의나 회의, 일 약속 같은 피할 수 없는 것들을 이 시간에 배정해왔다. 나쁜 뜻이 있지는 않다. 멍하니 앉아 있는 것보다 외부의 힘에 기대어 그 시간을 살리기 위해 노력하는 것이라고 보는 것이 좋다. 점심 후의 시간은 하루 중 가장 빨리 흐른다. 일상의 경영에 바치는 부산하면서도 긴장된 시간. 한두 가지 일을 처리하면 어느덧 이 시간은 증발해버린다.

가장 좋은 시간은 아무래도 약간 늦은 오후이다. 무엇에 좋은 시간? 오랜 경험을 통해 이 시간이 세상의 방해를 가장 덜 받는 시간이라는 것을 알게 됐다. 전화가 울리지 않고 문자가 뜸해지며 세상이 가만히 놔두는, 잊히는 이 시간은 하루 중 가장 농밀한 시간이 되었다. 생각이 부유하는 시간, 차를 마시는 시간, 구상의 시간, 쓰는 시간, 쓴 것을 지우는 시간. 때로는 깜빡, 늦은 오수에 빠져 예언적인 꿈을 선물로 받기도 한다. 두세 시간의 자유는 유년 이후 사실 생각만큼 관대하게 주어진 적이 없다. 이 오랜 역사를 지닌 인색한 시간과의 싸움이 멎고 화해가 일어날 것인가. 어쩌면 생각만큼 수월한 일은 아닐지도 모른다. 그러나 조금씩 연습하면 안 될 것도 없다.

시간에서 불안을 빼고, 안달을 없애고, 불순하게 끼어드는 잡념들을 제거하고, 여실하게 뒷걸음질하는 세상을 잊고……결국 시간에 시간성을 되돌려주는 수고를 통해 조금씩.

무관심

늘 괄호 안에 넣어두었던 이 문제를 정색하고 꺼내어 들여다보기로 한다. 왜 무관심한가. 무엇에 무관심한가. 무관심은 오만의 다른 이름인가, 실망의 그늘인가. 타고난 건가. 무관심은 망각과 연관된 무엇 아닌가. 이건 소설가에게는 치명적인 것 아닐까. 그렇다, 치명적인 것이다. 현실의 디테일이 중요하지 않다고 할 수 없는 소설 장르에 있어서 무관심은 분명 무시할 수 없는 약점이다. 그 약점과 작은 싸움을 시작했다. 싸움을 통해 화해하는 특수한 방식을 택한다. 매일 내가 무관심한 영역에 일정 시간 머무른다. 가보고, 그에 대해 읽고, 듣고, 기록하고, 기억한다.

그런데 무관심은 어떤 열중, 어떤 과도한 몰입에 대한 반작용과도 연관이 있다. 빈 열중, 빈 몰입. 공기놀이에 밤을 새워 몰입하듯. 이것은 어떤 식으로든 무관심을 옹호해보려고 하는 자동적인 방어적 해석이다. 가끔 너무 고질적인 것이 되어 존재의 일부라고 치부되는 것들이 있다. 때로는 그것을 존재의 특성이라고 주장하는 놀라운 전도가 일어나는 것을 자주 본다. 그러나 큰 병을 방치하는 눈가림에 불과한 경우가 많다. 그렇게 눈가림하면서 관습이 되고 문화라는 이름으로 인준된다. 개인의 차원에서도 그러한데, 공적인 영역에서야 더 말할 것도 없다. 고질적인 특성이 있으니 무관심을 이 범주에 넣어야 할지도 모르겠다.

무관심은 용납할 수 없는 세상과의 불화에서도 기인한다.

바벨론에 끌려와 살고 있는 사람들에게 그 세상에 대한 지대한 관심을 요청할 수 없다. 무관심은 제스처가 아니다. 그건 아픔에서도 기인한다. 그게 누구건 사람의 얼굴을 그려 넣은 축구공을 발로 차면서 광장에서 노는 어린 소년을 어떻게 무관심으로 무장해 보지 않을 수 있겠는가. 무관심은 괴로움의 문제다. 괄호라는 항아리에 낚싯대를 드리우고 보니 줄줄이 무거운 고철 조각들이 딸려 나온다. 고질적인 것이 병이 되지 않도록 낚시질을 계속하기는 해야겠다. 건강하게 살고 싶다.

작고 사소하고 귀여운 죄악들

크고 무겁고 징그러운 것도 많이 있지만 그것을 처리하기 위해서는 많은 시간과 하늘의 도움이 필요하다. 작고 사소하고 귀여운 것들도 그 운명이 마찬가지이기는 하지만, 큰 것들은 엄두가 나지 않으니 우선 손안에 잡히는 일상적인 최소형 사고事故들에 집중해보기로 한다.

거짓말. 작고 사소하고 귀여운 거짓말들. 사실 이런 아주 귀여운 것들 덕분에 많은 어려운 상황에서 모면할 수 있었다. 그러나 거짓말은 거짓말이다. 때로 모면 대신 봉변을 당하는 수도 있다. 무수한 변덕적인 약속 변경이나 취소 뒤에는 틀림없이 사소한 거짓말이 있었을 것이다.

거절은 더 어렵다. 대부분의 거절에는 예외 없이 작고 귀여운 거짓말이 따라붙었다고 보면 된다. 무례하고 부당한 부탁에 대한 당연한 거절에도 거짓말은 뒤따른다. 의지보다도 교양보다도 크다. 상대방이 낭패감을 느끼지 않도록 장황하게 거절의 거짓 이유를 창조해낸다. 하루를 정한다. 단 하루에 처리되는 문제가 아님에도 하루는 청정하게, 정직하게 이 문제를 다루어보기로 한다. 쉽지 않다. 못된 혀를 훈련시키는 문제는. 방아쇠가 스스로 당겨진 것처럼 말은 이미 저 앞에 널브러져 있다.

　과장적 비하. 인생에 좋은 일이 일어났다 치자. 딱하게도 순진하게 자랑하는 법을 배우지 못했다. 그 좋은 소식을 타인에게 이실직고해야 할 때면, 좋은 일의 그늘과 부정적인 여파를 패키지로 끼워 넣어 전달해야 마음이 편안하다. 마치 상대편을 안심시키려는 듯이. 상대편을 자극하지 않으려는 듯이. 어찌 보면 배려 같기도 하고 또 잘 쳐주면 겸손 같기도 하지만, 사실은 이 또한 사소하고 귀여운, 결코 무해하다고만 할 수 없는 거짓말에 속한다. 저 깊이 도사리고 있는 인간에 대한 불신이 의심되는 지점이다. 칼에 베인 손가락에서 떨어지는 피 몇 방울의 냄새에 잘 키워준 주인을 잡아먹는 야수의 동물성에서 인간이 아주 멀리 가지는 않았다고 생각하는 고질적 의심?

　아니, 긴 설명을 요약하자면 인류애가 부족하기 때문이다. 한마디로 거짓말은 인류애의 부족에서 나온다. 이 귀엽고 음험한 작은 것들과 화해하려면 꽤 오랜 시간이 걸릴 것 같다. 인류애를 키우는 것이 어디 반려견 한 마리 키우는 것처럼 쉬운 일이겠는가.

현대를 극복하는 공감과 환대[*]

서언

안녕하세요. 반갑습니다.

오늘 제가 다루고자 하는 주제는 '현대를 극복하는 공감과 환대'에 대한 것입니다.

한국 소설만큼 시대적인 변화에 민감하고 그에 영향을 받아온 장르도 없을 것입니다. 물론 다른 장르와 달리 소설은 현실과 무관할 수 없지만 지난 수십 년간 한국 소설이 그래왔듯이 정치적 혹은 이념적으로 '사용'되는 관습이 제게는 늘 불편했습니다. 소설이라는 장르는 근본적으로 인간에 대한 이해를 깊게 하고 영원히 미완성된 실체인 눈앞의 현실과의 대화에 기반하고 있습니다. 그런 의미에서 때로 소설 작품은 시대적 문제에 대한 '반응'이나 '대안' 제시를 하는 것처럼 보일 수도

*　2019년 2월 7일 캘리포니아 대학교 어바인, 한국학과에서 열린 강연.

있습니다. 그럼에도 소설이 지향하는 것은 그 이상입니다.

네 개의 우물

오늘 제가 택한 주제는 지난 시간 한국문학이 드러낸 일련의 한계에 대한 반성에서 비롯된 작품들에 관한 것입니다. 그러나 그 전에 제가 해온 작업을 간단히 소개하겠습니다.

프랑스의 작가 조르주 페렉은 자신의 작품 경향을 경작지라고 표현했습니다. 사실 문학 형식에서부터 단절을 경험한 한국 현대문학은 유산으로 물려받은 경작지가 풍성하지 않습니다. 저는 저의 소설 작업을 자주 우물에 비유해왔습니다. 경작지의 열매를 추수하는 것도 의미 있지만 저는 소설이 인간과 문화가 성숙하도록 현실이라는 땅에 물을 붓는 활동이라고 생각하기 때문입니다. 저는 크게 네 개의 우물을 파왔다고 하겠습니다.

첫 우물에 속하는 작품군은 기억에서 길어 올린 것들로 유년의 들판에 피어 있던 야생화에 비유할 수 있겠습니다. 어릴 때 나를 궁금하게 했던 동네 사람들, 알고 보니 역사 속에 희생되어 불행하게 또는 이상하게 살던 사람들에 대한 얘기입니다. 제 유년의 동네인 명륜동을 오가며 관찰하던 시장통과 그 주변의 사람들이지요. 초기 작품들은, 이름 없는 꽃들과 같은 이 사람들에 관심을 기울였습니다. 이 작품들은 따라서 다소간 자전적인 경향을 띠었습니다.

두번째는 한국의 역사와 관련된 것으로, 여성의 관점에서

본 비판적인 현실 해석에 관한 것입니다. 광주, 민주화, 전쟁, 분단 등에 대해 소위 대문자 히스토리History에 대한 공식화된 남성적 해석에 틈을 만들고 역사적 삶의 속살을 드러내 보이는 것이었습니다. 한편으로는 영웅주의나 이론만의 통일, 전쟁 등에 얽힌 기존 담론에 균열을 가하는 작업이었고, 다른 한편으로는 균형적 현실 인식을 제안하는 것이었습니다. 매 작품마다 각기 다른 이유로 논쟁이 있었습니다만, 논쟁은 작품이 의도한 틈이 생겼다는, 매우 긍적적인 사인이 아니었을까요.

세번째는 한국어와 소설 장르에 대한 실험적인 시도들을 한 작품군입니다. 언어의 우물이지요. 다소간 엄격하고 또한 교조적인 사실주의 캐논을 해체하는 작업입니다. 언어의 문제는 매우 심오하고 또 작품의 생명과 연관이 되어 얘기하려면 오랜 시간이 필요할 듯합니다. 그래서 어설프게 시작하느니 생략을 택하겠습니다. 다음 항목에서 그 문제로 돌아오게 될지도 모르겠습니다.

마지막으로 우리 문화, 혹은 우리 일상의 사각지대를 드러내 보여주는 것입니다. 어찌 보면 위에서 언급한 두번째 역사적 관점에 대한 것을 일상으로 확대했다고 볼 수 있습니다.

네 개의 우물은 지하의 어딘가에서 서로 합쳐지고 반응하고 있는 것이 사실입니다. 즉 물들은 어딘가에서 섞이고 또 교차합니다. 그래서 개별 작품에는 이런 물들이 다 섞여 길어 올려진다고 볼 수 있겠지요.

한국의 현대를 극복하는 두 개의 문

지난 십수 년의 한국 사회를 소설가의 관점으로 바라보았을 때, 소설의 가장 큰 위기를 두 가지 측면에서 경험했습니다. 최근의 작업들은 그것을 극복해보고자 애쓴 흔적이라 할 수 있습니다. 하나는 인간성, 인간의 격에 관한 것이고 다른 하나는 우리 시대 소설 언어의 기능에 관련된 작업들입니다.

아마 지난 세기 말부터 지금에 이르기까지 가장 손상을 입은 것이 인간의 격이 아닐까 합니다. 한국 소설은 정치적 불안정과 파행을 겪으면서 현상 소설, 세태소설 혹은 유희적인 서사가 되어서 그 밖의 것은 아마 소설적이지 않거나 인간적이지 않다고 판정한 것 같습니다. '사람답게 사는 세상'은 문학관이 어떠하든 모든 문학이 꿈꾸는 지점일 것입니다. 문학의 유일한 장점은 아니지만 중요한 기능 중 하나는 인간이 지니고 있는 각각의 시대적인 모습, 인간이 지향해야 하는 미래적인 모습을 반영하고 또 제시한다는 것입니다. 어떤 의미에서 문학은 그 시대의 인간이 자기 자신에 대해 지니는 자화상을 반영하고 있다고 할 수 있겠지요. 한편으로는 현실적인 상태를 드러내며 다른 한편으로는 미래지향적인 인간의 격을 탐구하는 것을 소설은 멈춘 적이 없었습니다. 저는 이런 의미에서 늘 소설가의 한 눈은 현실에, 다른 한 눈은 미래에 고정하고 있는 '사시의 시학'을 제 작품의 특징으로 얘기해왔습니다. 이 미래는 가치의 영역이기도 합니다.

일상의 음험한 그늘들에 숨어 있는 파괴적인 복병을 드러내는 것은 제가 좋아하는 주제입니다. 그 속에 한국 문화의 오래된 관행이 숨어 있기 때문입니다. 드러내는 것뿐 아니라, 그 파괴적인 함정에서 개인을 구출해내는 것에 재미를 느낍니다.

우리의 자유롭지 않은 일상, 물화된 가치관의 본질은 첫 장편 『너는 더 이상 너가 아니다』(민음사, 1991)에서부터 늘 제가 깊이 파고든 주제였습니다. 『마네킹』(열림원, 2003)은 한 슈퍼 모델의 몸 탈출기입니다. 특징에 따라, 핑크 아네몬, 불가사리, 상어, 우뭇가사리, 솔베감펭 등 해양식물의 별명이 붙여진 인물들이 나오는데, 주인공 지니의 신체적 아름다움을 뜯어먹고 사는 식구와 주변 사람들입니다. 지니의 아름다움은 찬미자와 아름다움의 관리자, 아름다움을 이용하는 투자자, 그에 기생해서 사는 상어 같은 착취자 들을 만들어냅니다. 그리고 이들 옆에서 진정한 아름다움을 추구하는 지니의 여정이 시작됩니다. 생소한 이방적 세계와의 공감, 혹은 환대로 극복되는 이방인성이 지니의 여정을 특징짓습니다. 지니의 추구는 개인주의를 벗어나 있습니다. 지니는 물질성, 육체성을 벗어나 정신적이며 영적인 어떤 추구, 주변과의 합일의 단계로 나아갑니다. 지니는 "타자가 지옥"이 되는 고농도 현대성의 특징이 되는, 개인화되고 파편화된 인격성personality의 신화에 멀미를 느끼기에, '자기 포기le dessaisissement du soi' 혹은 '경계 지우기'에서 존재의 정수를 찾는다고 할 수 있겠습니다.

이미 21세기가 시작되기 전부터, 가치의 문제가 현실의 삶 속에서 괄호 안에 들어가기 시작합니다. 그러다 보니 우리 주변에 화합하기 어려운 이방인이 많이 등장합니다. 이방인은 이주 노동자들만이 아닙니다. 근래의 작품 속에 드러나는 이웃들은 공감과 환대를 실현하기에는 쉽지 않은 현실의 조각을 구성합니다.

『숲속의 빈터』(작가정신, 1999; 개정판 2017)에서 한 커플이 도시를 탈출해 이상적인 시골에 정착합니다. 그런데 한 엽기적 인물이 그들의 집 건너편 숲속의 빈터에 등장해 이 목가적 풍경을 망쳐놓습니다. 시골 끝까지 가도 평화는 없습니다. 이 엽기적 인물은 커플의 내밀한 일상에까지 독가스처럼 스며들어와 망각하고 싶은 역사적 과거를 상기시킵니다. 이들이 겨우 벗어났다고 생각한 과거의 시간대가 다른 모습으로 현재까지 쫓아온 것입니다. 이 커플의 매우 심플한 삶의 욕망을 무화시키는 이 변태자는 조대완이라는 과거 군인 출신 동네 폭군입니다. 죽은 줄 알았던 이 인물이 숲속의 빈터에 출몰하며 고즈넉한 마을의 악몽 노릇을 합니다. 이 커플이 맞서는 방법은 변태자가 나타나는 건너편 빈터를 없애고 그곳에 전나무를 심는 것 혹은 안락한 일상을 상징하는 목욕탕을 잘 설치하는 것, 아니면 건너편 숲속의 빈터에 출몰하는 변태자를 향해 크게 음악을 틀어놓아 음악으로 대응하는 것입니다. 그러나 힘없어 보이는 이들의 행동이 현재를 이겨내는 만만치 않은 방법입니다.

「하나코는 없다」(『열세 가지 이름의 꽃향기』, 문학과지성사,

1999)에 등장하는 남성군도 각자의 고유한 이름을 부여할 필요 없이 K, L, M 등 이니셜로 표시된 지극히 평범하고 익숙한 사람들이지만 주인공 하나코에게는 만만치 않은 이웃임에 틀림없습니다. 한국 사회에서 자주 발견되는 남녀 사이의 위선적인 관계 유형을 나타내지요. 심심할 때는 언제든지 불러낼 수 있는 심심풀이 땅콩 같은 여자, 연애까지는 아니고 또 가정의 대소사에 알릴 필요까지는 없는 대상, 때로는 폭력적으로 코너에 몰기도 하지만 인생의 우기에 생각나는 여자…… 하나코의 진지함 앞에서 이들 모두는 우스꽝스럽게 변합니다. 그러나 이 작품 안의 승자는 하나코입니다. 자신을 이런저런 이유로 사용한 것을 알지만 하나코는 이들을 예전에 그랬던 것처럼 환대합니다. 하나코의 여일한 진정성, 이들을 대하는 진실한 우정으로 인해, 이들이 하나코에 대해 보이는 불성실과 악의는 하나코를 다치지 않고 비켜 갑니다.

또 다른 현대사회의 복병은 바로 언어입니다. 소설적 언어의 위기입니다. 사실 언제부터인가 소설가들은 물론이고—아마 이것은 시에서도 마찬가지일지 모릅니다—소설을 읽는 독자 편에서도 언어를 믿지 않습니다. 이제 어느 누구도 문학 속 언어의 능력에 대해 신임하는 사람은 없습니다.

언어가 가지고 있는 실행력의 쇠퇴는 이미 문학을 가볍고 경박한 어떤 것으로 변모시켰습니다. 상업주의, 영상, SNS의 창궐…… 무엇에 언어적 평가절하의 책임을 묻기 전에, 문학에 문제가 생겼다면 그것은 문학을 제공하는 사람들의 문제입니다. 제 작품 속의 여러 주인공이 언어장애인이거나 말에 어려움을 겪는 사람인 것은 우연이 아닙니다. 아예 언어를 삭제하는 것이 낫다는, 불신의 언어에 대한 불신임의 표현이라고 하겠습니다. 정보의 폭주로 언어는 정열적으로 범람하고 팽창하고 있는 중이지만 20~21세기에 언어는 역설적이게도 가장 불신임당하고 있는 것 같습니다.

한국 현대사회에서 말을 하는 사람(소설가)도 말을 듣는 사람(독자)도 서로 무슨 얘기를 하든 상관이 없습니다. 언어의 진정한 사용 능력을 상실한 인간의 정체성은 불안정할 수밖에 없습니다. 불안한 정체성에서 수많은 관계의 파행과 오해가 야기됩니다. 최근의 작품들은 이러한 언어가 지닌 실행 능력, 즉 언어가 사건인 작품들을 쓰면서 현대가 상실한 언어적 능력을 복원하는 시도에서 씌어졌습니다. 「그 집 앞」(『첫 만남』, 문학과지성사, 2005)의 서술자는 증오할 수밖에 없는 상처의 대상을 향해 "사랑한다"라는 동사를 말로 발설하는 데 이르는데, 그것이 이 작품의 사건의 시작입니다. 감정 이전에 말이 사건을 만듭니다.

최근에 쓴 여러 작품에서는 소통이 불가능한 주변인들과 대화를 시도하는 인물들의 삶을, 극한적인 상황을 언어로 타파하는 상황을 서사화했습니다. 「동행」(『동행』, 문학과지성사, 2020)에서는 아들을 잃은 한 여인에게 동창이 찾아와 말썽쟁이 딸아이를 버리고 사라집니다. 고집스럽게 대화를 거부하는 아이가 마침내 욕을 쏟아낼 때, 이들의 동행이 시작됩니다.

삶의 무수한 이방인에 대한 성숙한 한 인간의 태도는 이미 우리 곁에 와 있는 무수한 다름의 타인과의 '동행'이 아닐까 합니다.

「손수건」(같은 책)에서는 옛날 애인이라는 협박 전화로 젊은 부부의 삶에 위기를 야기하는 전화 협박범이 등장합니다. 이런 사람이 우리 삶에 끼어들면 어떻게 할까요. 이 사람과 대화를 이어가는 것이 「손수건」에서의 여주인공의 상황입니다.

실제의 경험에 바탕을 둔 작품도 있습니다. 한국에서는 미성년 자녀를 둔 가족에게는 인근에 성폭력범이 있으면 그의 주소와 사진이 첨부된 문서가 아동보호를 위해 도착합니다. 어느 날 이런 문서가 제게도 도착했습니다. 주소를 찾아가보니 두 블록 떨어진 한 슈퍼였습니다. 아마도 부모의 집인 듯, 그는 거기서 배달하는 일을 하고 있었고 우리 집에도 한두 번 배달 차 들렀던 청년이었습니다. 평안한 동네가 순식간에 음험하게 변하는 느낌을 받았습니다. 저야 아들을 두었지만 어린 딸을 둔 부모는 이를 어떻게 할까. 난감했던 그 상황이 「옐로」(같은 책)를 쓰게 했습니다. 집에서 출판업을 하는 여인의 어린 딸, 헬로를 "옐로"로 잘못 발음하는 어린 딸아이를 가진 여인이 이 상황에서 동네 슈퍼 배달 직원으로 근무하는 이 성폭력 전과자와 대화를 시도합니다.

현대에서 소통의 모든 시도는 이 여인의 딸이 발음하는 "옐로"처럼 어눌한 인사말과 다를 바 없습니다. 그러나 공감과 환대는 소설에서는 언어를 통과할 수밖에 없습니다. 욕설, 울음소리, 수다…… 모든 언어가 동원됩니다. 이것을 통과하며 이방인성은 서서히 이웃neighborhood으로 변모합니다. 현재는 이 현실에서 멀지만 언어가 사건이 되고, 공감과 환대의 공간을 형성하는 시도를 소설이 멈출 수는 없습니다. 소설적 언어가 곧 현실의 사건이 될 것을 기대하며 소설가는 작품을 씁니다.

사실 모든 문학가는 다소간 조금씩은 언어의 '예언적' 기능에 매료되어 있지 않은가요. 그들이 무엇을 환상적으로 미리 보아서가 아니라 — 때로 그렇기도 하지만 — 언어의 실행적인 능력을 믿고 있기에, 언어 자체가 애초에 그들에게는 미래적 사건이 되는 것입니다. 이런 사건을 독자의 삶에 야기시키고자 소설가는 소설을 쓰는 것이겠지요.

젖은 숲의 빈터까지

　말이 범람하는 이 표현 과잉의 세상에도 말로 되어 나오지 않는 것, 말로 표현할 수 없는 현실이 어딘가 늘 존재한다. 아이러니하게도 문학작품은 자주 이런 지대에 관심을 가진다. 마치 한계에 도전하듯이, 미지의 영역을 탐사하듯이. 문학의 오묘함이 드러나는 것도 바로 말로 할 수 없는 이 어떤 것의 숨겨진 요철을 드러내며 그 주름을 풀어낼 때가 아닐까 한다. 오즈의 마법사가 할 만한 일을 가끔 문학은 언어의 영역에서 해낸다.

　이스라엘의 작가 아모스 오즈의 『블랙박스』(곽영미 옮김, 열린책들, 2004. 이후 이 책의 인용은 본문에서 쪽수만 밝힌다)는 읽는 이에게 여러 겹의 즐거움을 준다. 히브리어로 글을 쓴 1세대 작가답게 오즈의 작품에는 서구 문학에 익숙한 독자들이 느낄 수 없는 독특한 생소함의 매력이 있다. 어쩌면 현대 이스라엘의 작가 중 세계적으로 가장 잘 알려진 작가일 텐데도, 아모스 오즈의 작품을 읽고 나면 우리가 이스라엘에 대해, 재탄

생한 이스라엘 사람들의 현실에 대해 얼마나 추상적인 생각을 하고 있는지를 깨닫고 놀랄 때가 있다. 생소함의 원천은 아무도 그 크기와 깊이를 이해할 수 없는, 몇 가지 서술과 설명으로는 다가갈 수 없는 언어 너머의 긴 역사적 고통에서 기인한다. 누구도 대신할 수 없는 이스라엘 사람들의 고통이 작가로 하여금 인간에 대한 깊은 성찰을 가능케 했을 것이다. 그래서 작품은 말한다. "고통은 행복의 반대가 아니라, 고운 은백색 달빛에 젖은 숲의 빈터까지 우리가 포복해서 기어가야 할 가시밭길"(p. 237)이라고.

블랙박스는 사고가 일어난 후에 개봉되어 분석된다. 이 작품이 열어 보이는 블랙박스도 마찬가지다. 이혼이라는 파국적 사건이 완결된 7년 후 침묵과 부재를 깨고 일리나가 전남편인 알렉에게 편지를 쓰면서 블랙박스가 열리기 시작한다. 이 작품은 처음부터 끝까지 여러 사람이 서로에게 보내는 편지로 이루어졌다. 간접적인 소통의 방식인 편지를 통해, 인물들의 이율배반적이며 다층적인 면모가 오롯이 드러난다. 과거에 이들을 사로잡은, 당시에는 알 수 없었던 존재의 사건들이 파헤쳐지는 과정에는 현대 이스라엘을 가로지른 전쟁의 흔적 또한 낭자하다. 이스라엘이 단면적으로 접근될 수 없듯이 오즈가 그려내는 이스라엘인들도 그러하다.

그러나『블랙박스』는 파국의 원인을 파헤치고 분석하는 데 초점을 두고 있지 않다. 이 작품은 한 가정사를 통해 현대 이스라엘 재건의 소역사를 그려내면서도 다음 세대를 위한 미래적인 전망도 제시한다. 학대받고 아들과 함께 버림받은 피해자인 일리나가 전남편에게 편지를 쓰기 시작하는 것은 단순히 그들의 문제아 아들 보아스를 구하기 위해 재정적인 지원이 필요해서만은 아니다. 6일 전쟁의 영웅이기도 했던 알렉은 거대한 부를 유산받은 상속자일 뿐만 아니라, 그사이 미국으로 이민해 세계적인 학자이자 유명 인사가 되었다. 작품에 그토록 자주 등장하는 돈거래는 이들의 관계를 유지하기 위한 일종의 핑계이자 가냘픈 끈이다.

작품이 진행되면서 블랙박스의 진정한 기능이 드러난다. 말로 되어질 수 없는 웅어리진 고통들이 편지를 통해 토로되고 소통되는 것, 그런 과정을 통해 단절된 존재 사이에 연민과 용서와 화해가 이루어지는 것이다. 그것은 오랫동안 버려져 폐허가 된 알렉의 유년 시절 집을 재건하기 위해 아들 보아스와 젊은이들이 모여들고, 임종을 앞둔 알렉과 알렉의 임종을 돌보기 위해 찾아온 일리나가 그들과 합류하는 것으로 작품이 마무리되기에 분명하게 감지된다. 연민 어린 돌봄 앞에서 알렉의 악 기운이 스러지는 이 작품의 말미가 욤 키푸르라 불리는 대속죄일 즈음에 위치하고 있는 것도 물론 우연이 아니다.

오즈의 작품은 우리 모두의 내면에 있는 블랙박스를 열라고 촉구하는 듯하다. 열려야 해소되고 치유되는 블랙박스 하나쯤 우리 모두 가지고 있기에 이 초대는 의미가 있다.

이 작품을 읽으면서 여분으로 누리는 기쁨이 있다. 인간에 관한 성숙한 성찰에서 나온 인간 본성에 관한 관찰들. 성경 말씀이 녹아 있는 인물들의 일상적 삶, 유대 민족 특유의 과장적인 유머와 말 재미는 현대 이스라엘의 생생한 삶으로 친근하게 다가가, 축복과 고통의 대명사인 그 나라를 사랑하고 위로하고 싶은 마음을 독자에게 불러일으킨다.

문학과 함께 달라질 세상에서[*]
— 더 나은 인간성의 격을 문학에 기대하며

이 물리적 재앙과 격리의 시대에 열린 2021년의 서울국제 작가축제의 폐막식에 이런 방식으로나마 참여하게 되어 감회가 깊습니다. 다양한 주제로 소통에 참여하신 작가들께 감사드립니다. 평소 생각해오던 주제들을 정리하여 세계 18개국의 작가들과 나누고 의견이 개진되는 기회를 가지게 된 것에 감사하는 마음입니다. 특히 감동적으로 읽은 『시간 밖으로』 『사랑 항목을 참조하라』의 저자인 이스라엘의 다비드 그로스만 작가와 함께 폐막식을 치르게 되어서 기쁜 마음을 표현하며, 진심으로 환영합니다.

이제는 관행이 된 불편을 감내하며, 저는 작가로서, 생활인으로서 절제와 친밀을 배우며 이 예외적인 시대에 적응하고 있습니다. 절제의 삶이 제 체질에 맞는 것을 발견했고, 다수와

---

[*] 2021년 서울국제작가축제 폐막 강연.

공적인 만남 대신에 두셋이 만나 친밀감이 깊어지는 것을 재발견하게 됩니다. 다소간 멀어지고 껄끄러워진 지인들을 초대해서 관계를 회복하는 시간도 가지고 있습니다. 인간이 지닌 능력 중 하나는, 마치 문학이 그런 것처럼, 거의 모든 상황에 적응해내는 생명력이 있다는 것입니다. 우리의 영혼이 잠들어 있을 때, 일련의 수월한 습관과 마비적인 생활의 여유, 자기 충족적인 환상에 빠져 있을 때, 크고 작은 재앙은 우리를 깨우러 옵니다. 네, 그렇습니다. 우리는 깨어나는 중입니다.

사실 인류는 일찍이 전쟁, 전염병, 재해뿐 아니라 무수한 종류의 악의 현상과 공존하며 살아왔습니다. 선의 모습으로 가장하고 의의 논리로 정당화된 무수한 악과 대면하기도 했고, 우리 삶에 악한 영향을 미치는 사건과 상황 들이 역사를 관통해왔습니다. 당연히 지금도 유사하게 진행 중입니다. 그것을 묘사하고 분노하고 증언하며, 반항의 목청을 높여 대안을 제시하는 데 문학의 많은 시간이 바쳐졌습니다. 왜냐하면 문학은 이상을 꿈꾸는 활동이니까요. 그러나 역사가 역사 안에서 완성된 사례를 한 번이라도 보셨나요? 제 지식이 일천해서인지는 모르지만 설득력 있는 완성의 형태를 저는 아직 보지 못했습니다. 인류는 선한 실험, 악한 실험을 반복하고 있습니다. 아이들만 보아도 책장이건 의자이건 위로 올라가고 떨어져도 또 올라갑니다. 자연 상태의 아이들은 걷기를 배우기도 전에 뛰고자 합니다. 인류의 DNA에는 진전과 상승의 욕망이 있기 때문인 것 같습니다. 어쩌면 인류의 문명은 아직 어린아이 단계인지도 모르지요.

　지금의 세계는 마치 역사에 이런 일이 처음인 것처럼 놀라고 있고, 과다한 정보에 반비례하듯 진실이 해체되고 왜곡되고 포착되지 않아 두려워하고 있으며, 눈에 보이지 않는, 해를 끼치는 작은 생물의 확산을 최첨단 과학과 초기술이 제어하지 못하고 있다는 사실에 당혹해하고 있습니다. 또한 이것이 바로 '나'의 세기에 닥쳤다는 사실에 우리는 세계관의 전면적인 재조정을 요청합니다. 이것이 의미가 있는 것입니다. 현재의 문제는 늘 과거에 진행된 어떤 것의 정점이기 때문입니다. 저는 그 정점에 근대적 인간을 채우고 있는 '자아 집중'이 인간의 존재적 확대를 막는 철조망처럼 둘러쳐져 있다고 생각합니다. 그것이 아름다움을 왜곡시키며, 교만으로 선이 획득될 수 있다고 생각하며, 진실을 파편화시킵니다. 자유의 이름으로 분열을 만들고, 왜곡에 개성적이라는 찬사를 보냅니다.

　저는 다시 한번 문학이 인간다움의 더 나은 격을 제시해나가기를 기대합니다. 물론 이 제안에 동의하지 않는 문학이 있겠지요. 그것 또한 좋습니다. 어떻건 지난 10여 년간 저의 글쓰기의 고민은 그것이었습니다. 『마네킹』에서는 물화된 개인의 아름다움을 사용하는 자들의 무감각한 비정함에도 아름다움은 무관하게 자라고 퍼집니다. 악행을 만드는 소유의 욕심으로 깨진 『파랑대문』(현대문학, 2019)의 공동체는 고백을 통해 회복으로 나갑니다. 고통과 공존하는 법을 공감과 환대로 배우는 『동행』의 인물들의 방식을 삶에서 닮아보고자 했습니다. 독자들과 그 고민을 나누고 자칫 부담이 될 수 있는 그 여정에 독자들을 초청하는 것이었습니다.

개별적 인격성을 둘러친 치외법권적 성격은 어찌 보면 지난 3~4세기 서구적 정치, 경제 이상에 의해 비대하게 확장되었습니다. 이제는 동서양을 막론하고 온 지구의 대의가 된 근대적 인격성의 높은 벽 앞에 제가 멀미를 느꼈다고나 할까요. 그 인격성은 파편화되어 변덕스러우며 개인의 신화로 무장한 피폐한 인격성임을 저는 점차 깨닫고 있습니다. 개성과 창조성의 이름으로 점점 더 가속화된 무방비의 자유, 욕망의 무한 팽창, 높아진 개인 신화에서 이제는 단호히 걸음을 돌려야 한다는 자각은 저 한 개인의 생각만은 아닌 것 같습니다. 무엇이 인간다움의 격을 만들어갈까요. 저 또한 예비된 답은 없습니다. 그것은 이 축제에 참여한 모든 작가들과 함께 생각해보자고 권유하고 싶은 주제입니다.

몇 가지 확신은 있습니다. 개인성의 이 단단한 벽은 과평가된 자아를 포기하는 시도나 용기 없이는 무너지지 않을 것입니다. 우리는 사랑과 평화를 얘기합니다. 공동체를 꿈꿉니다. 팽팽하게 당겨진 두 집중된 자아가 평화가 무엇인지 알까요. 사랑이 무엇인지 알 수 있을까요. 진정한 사랑은 타자를 위한 고난의 사랑만 있을 뿐이라는 라인홀드 니부어Reinhold Niebuhr의 문장이 생각납니다. 우리는 실패한 무수한 공동체의 모델을 알고 있습니다. 그래도 시도하고 실패함으로 우리는 깨어납니다. 문학이, 우리 문학하는 사람이 가장 잘하는 게 무엇일까요. 타자의 삶의 복부에 스며들어가는 것입니다. 나를 비우고, 때로는 죽이고 생면부지의 타자의 삶에 들어가 그 속의 진실에 '홀려서' 타자 존재의 갈피에 접속하는 것. 사랑의 생리에는 자아가 소멸되는 이러한 홀림이 있습니다. 우리는 모두 진실에 홀려서 문학에 코가 꿰였던 것 아닌가요. 이러한 문학의 행위, 문학의 생리에서부터 자아 포기는 시작될 수 있지 않을까 생각합니다.

코로나19가 발발하기 직전 책 한 권을 읽었습니다. 14세기 유럽이 흑사병의 가장 깊은 어둠에 빠져 있을 때, 은밀하게 일생을 수도에 헌신한 이가 단 한 권의 책을 남겼습니다. 그녀가 수도하던 교회 한 귀퉁이에는 세상으로 난 작은 창이 하나 있을 뿐이었습니다. 그 작은 창으로 세상의 비극적인 소식이 지나가는 것을 보면서 그녀는 자신을 필요로 하는 사람들과 소통했습니다. 그녀는 30세에 받은 일련의 계시를 해석하는 데 일생을 보냈고 그 기록은 아주 후에야 책이 되었습니다. 그녀가 수도하던 영국 노리치 지방의 줄리안 교회가 그녀의 이름이 되었습니다. 노리치의 줄리안은 그녀의 시대를 뒤덮은 불행의 깊이와 그 가속화에 애통했지만 "모든 것이 잘될 것이며, 모든 종류의 것들이 잘될 것"(Julian of Norwich, *Showings*, Paulist Press, 1978, p. 149)이라는 지극히 낙관적인 말을 남겼습니다. 저도 지금의 우리에게 같은 얘기를 하고 싶습니다.

어느 날 그녀는 환상 중에 손안에 놓인 작은 열매를 봅니다. 그것이 그녀가 본 세상입니다. 그것은 우주적인 상상력의 광대한 세계에 비하면 손톱만큼 작습니다. 지구는 거대한 우주 안에 있는 사랑스러운 열매입니다. 문학은 그 작은 열매 안의 무한히 작은 한 점입니다. 그리고 그 작은 한 점이 열매를 영글게 하는 데 참여합니다. 여기 모인 작가들 각자의 문학 작업이 지구의 삶을 잘되게 하는 데 기여할 것을, 한 작은 점으로서 기대합니다.